沙之精靈

Five Children and It

驚險刺激的魔法探險之旅

目錄

在奇幻魔法中了解「願望」的《沙之精靈》

台灣兒童閱讀學會顧問 林偉信

作者與書

《沙之精靈》是英國女作家伊蒂絲．內斯比特為兒童所寫的一本奇幻小說。這本書是她「奇幻魔法三部曲」的第一部，一九〇二年出版後廣受好評，不僅兒童喜歡，成年人也爭相閱讀，因此後來又出了兩本續集：《五個孩子和鳳凰與魔毯》和《五個孩子和一個護身符》。

這本著作深刻影響了二十世紀英國奇幻故事的創作，《魔戒》三部曲的作者托爾金，以及撰寫《哈利波特》系列的J．K．羅琳，都曾自述深受內斯比特作品的影響，同時也是他們創作時的靈感來源之一。除此之外，《沙之精靈》也曾被改編成日本卡通、英國BBC電台的六集電視劇，以及好萊塢電影《沙仙活地魔》，可見它受歡迎的程度。

故事梗概與寫作方式

這本書描述四個哥哥姐姐帶著他們年幼的弟弟，五個人在新家附近的砂石坑玩耍時，遇到了一個有著蝸牛般的眼睛、蝙蝠的耳朵、身體圓滾滾且長滿棕毛、四肢和猴子一樣纖細的「沙仙」（牠的名字叫做「沙米亞德」）。沙仙有魔法，能幫孩子們實現願望，但牠只允許他們一天許一個願望，並且在太陽下山時，這個已經實現的願望就會消失，生活重新回到原來的樣子。

整本小說依循著「孩子們許願、願望實現──發生問題、解決問題──太陽下山、願望消失」的過程，逐漸發展出一連串奇妙的故事。這種寫作手法常見於兒童文學創作，我們稱它為「問題與問題解決的說故事方式」，也就是在故事中，問題出現、解決問題，然後新的問題再出現、再解決新問題，就這樣故事一波一波地接力下去，因此也有人稱作「一波三折的說故事方式」。《沙之精靈》就是採用這樣的書寫模式，而它每一個許願的故事都生動有趣，解決問題的方式與最後的結局也經常出人意表。（其實，《名偵探柯南》、《中華一番》、《航海王》等這些廣受兒童歡迎的動畫，也都是採用了這樣的說故事方式喔！）

文學內容反映時代現實

由於文學作品的內容，常會不經意地反映出作者所處時代的生活狀況以及社會現實，因此小讀者們在閱讀這本小說時，可以仔細地去查看，一百多年前的歐洲社會和我們的現代生活有哪些差異，像是家務分工、對待特殊人種（身材特別巨大的人、印第安人等）的態度與看法，以及整個社會對孩子的成長期待與教養要求（有禮貌、乖巧聽話）等。透過這樣的方式，我們常能在不同時代的文學作品中，獲得更多閱讀的樂趣與知識的成長。

故事裡對「願望」的思考與分析

除了觀看時代差異外，閱讀這本書對小讀者們來說，最重大的意義莫過於去了解與探究「願望」這件事，因為這是此書最重要的主題。

我們在生活中，常會對一些很想得到、但現實上卻暫時不可得的東西興起追求的念頭，因此就會有「願望」產生。但「願望」這個作為，在與它相關的字詞上，有些帶有正面積極的意涵，有些則是負面貶抑的指稱。例如：對一個較為正向、並且我們可以憑自己的能力與努力達到的願望，我們會稱它為「目標」、「期待」、「志向」、「自我期許」等；而對於一些不切實際、和現實脫節、幾乎不可能達到的願望，我們就會叫做「奢求」、「妄想」、「做白日夢」等。（小朋友可以再想想看，我們在生活中還有哪些相關的字詞，也都是在描述與評價「願望」這件事。）

《沙之精靈》這本少兒小說，正是藉由一個個許願的故事，讓小讀者們看到各種不同類型的願望，以及當強求非自己能力所及的「願望」實現時，它可能帶來的麻煩與問題。藉此，讓我們了解一個「願望」的達成，經常需要一些相配套的主觀能力與客觀條件，否則即便有魔法（或非正常方式的外力）協助你達成了願望，卻帶來了一些意想不到、甚至是無法處理的問題與後果。

此書藉由主角的經歷，讓我們看到若是願望違背了下列四個條件：

（一）願望若不是由自己原本的能力所能達到的（像是快速變漂亮、快速長大）。

（二）願望若是違背了生活現實與自然法則（像是長出翅膀）。

（三）願望若是不顧及時空環境的限制（像是引來印第安人）。

（四）願望若是違反了法律、道德的規範（像是讓媽媽得到別人的鑽石珠寶）。

願望實現的同時，就會帶來麻煩和問題。所以我們在許願的時候，得聽從沙仙對孩子們所說的忠告：仔細思考過後再許願。

當然，這並非表示我們在許願時，一定要仔細思考到非達成目標不可；事實上，有時候願望即使沒有達成，也會有另外的收穫。作者在書中，藉由大哥希瑞爾抱怨許願的結果讓他們一無所獲，卻也透過弟弟羅伯特的反駁，讓我們了解只要你謹慎許願、認真去做，即便最後願望落空，但「我們的確經歷了一些事情」，而這些「經歷」常常就是我們在願望實踐的過程中很重要的收穫——我們為了目標竭盡全力，最後明白了自己的能力所在，然後成長茁壯。

在故事裡找尋不合理之處

最後要提醒小讀者的是，在閱讀奇幻文學時，還可以做一件事，那就是去找出書中不合理或是相互矛盾的情節。奇幻故事因為是出自創作者超越現實的自由想像，所以有些情節的敘述難免會不合常理或是出現矛盾，而作者也沒能對這些問題做出合理的自圓其說。例如第五章〈城堡歷險〉中，沙仙施展魔法讓不同的時空交錯時，既然城堡和孩子們的房子在同一個地點，為什麼城堡和房子不會混在一起？而且，四個小孩和女僕在同樣的空間中活動，彼此可以看到對方，還能有所互動，但為什麼卻看不見對方所處的城堡或房子，以及各自所面對的其他人事物？

這種對奇幻故事情節極盡挑毛病式的檢驗，不僅能增加閱讀奇幻小說的樂趣，也能在替故事不合理的情節以及出現矛盾的地方，嘗試找尋合理解釋的過程中，增進你的思辨與想像的能力。倘若你能持續不斷地做這樣的練習，說不定有朝一日，你也可以寫出一本屬於你自己的奇幻魔法故事。

延伸與推薦閱讀

一、《阿拉丁與神燈》的故事。

二、《第七個願望》凱特．梅斯納著，劉清彥譯；小天下。

第一章 沙仙現身

房子距離火車站大約三英里，但沾滿沙塵的馬車才行駛不到五分鐘，孩子們就已經迫不及待地把頭伸出車窗，說：「快到了嗎？」

每經過一座房屋，他們都會異口同聲地詢問母親，不過直到馬車駛上山頂，經過白堊礦場，來到一幢擁有美麗花園的白色房屋後，慈祥的母親才開口對孩子們說：「我們到了！」

「好白的房子啊！」羅伯特大叫。

「看看那些玫瑰花！」安西婭說。

「還有李子！」珍跟著附和。

「真是太棒了！」希瑞爾激動地說。

小寶寶嘰嘰咕咕地說：「走走走。」

馬車搖晃了一下後，終於停下來了。

孩子們爭先恐後地擠下車，想成為第一個踏進新家的人。相反地，母親付了車錢之後，才不疾不徐地走下馬車。她不像孩子們剛來到一個新環境時那樣到處探險，也不會在房屋旁的乾涸噴水池周圍亂蹦亂跳。說實在的，這棟房子的外觀相當平凡，而且孩子們的父母對於新家也頗有微詞：母親覺得生活機能不足，父親則說這房子的鐵皮屋頂簡直就像是一場噩夢。

不過，對在倫敦待了兩年的孩子們來說，這裡簡直就是一大片的世外桃源！況且他們家境小康，能以便宜的價格買到這棟房子已經算是相當幸運了。

倫敦雖然有許多商店、戲院、遊樂園等場所，但那些都比不上新家所擁有的樹林、沙坑和小溪。孩子們不僅可以在這些地方盡情玩個痛快，更不必害怕在玩樂時打破了昂貴的東西。

孩子們在被抓去吃點心之前，就已經澈底搜索過屋外的花園和小倉庫了。他們一致認為，未來的生活肯定會變得十分多采多姿，因為這裡不像倫敦到處都貼滿了「不准觸摸」的警告標示，他們可以自由自在地開心玩耍。

新家位在山頂上，後面是一片樹林，一邊是白堊礦場，另一邊是採掘砂礫的砂石坑。山腳下是一片平地，那邊有些奇形怪狀的白色石灰窯，還有幾座紅色的大酒廠和其他房屋。每當太陽西

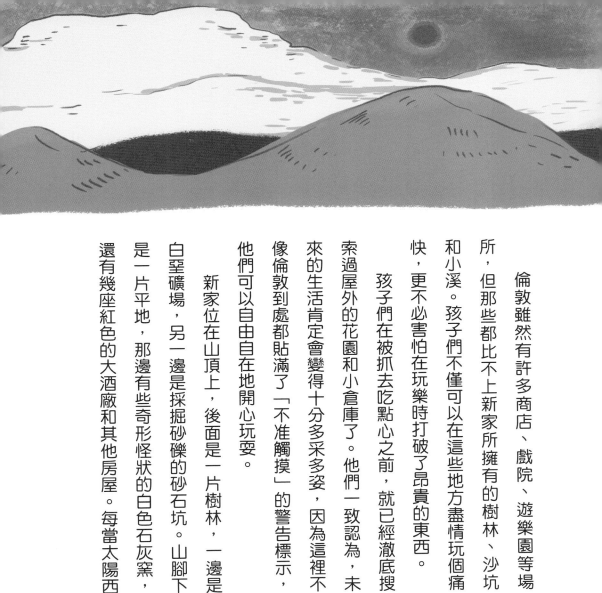

下時，那些從大煙囪裡冒出來的煙彷佛金色的迷霧，籠罩著整片山谷，再加上石灰窯和酒廠的閃爍燈火，那裡簡直就像是《一千零一夜》裡被施了魔法的城市。

其實，孩子們抵達這裡不到一星期，就已經在新家附近的砂石坑裡，見到了一位會法術的精靈。

那天，父親為了工作外出，母親也因為要照顧奶奶而出了遠門，夫妻倆都得過一陣子才會回家。父母匆匆離開後，家裡顯得十分冷清。孩子們無聊地從這個房間走到那個房間，希望能夠找點事情來做。

過了一會兒，希瑞爾終於忍不住說：「我們拿著鏟子去砂石坑玩吧！到了那裡，我們可以把它想像成一片海灘。」

所有孩子紛紛贊同這個誘人的提議，立刻前往砂石坑。他們抵達目的地後並沒有直接跑下去，而是站在砂石坑的外圍往裡面瞧，因為父親曾警告他們不准到那裡玩，還說白堊礦場也一樣不安全。

其實只要不從砂石坑外圍直接滑下去，而是像水泥車那樣沿著螺旋型的坡道緩緩往下走，砂石坑並不危險。

每個孩子手拿鏟子，輪流抱著「小羊」。「小羊」就是那個小寶寶，大家之所以這樣稱呼他，是因為他開口說的第一句話是「咩」。

砂石坑又寬又大，彷彿巨人的臉盆。它的周圍除了長滿野草和五顏六色的小花之外，還有一堆堆砂礫和一個個開採時留下的小洞。陡壁的高處有些小窟窿，那是燕子巢穴的入口。

孩子們很快就堆起了一座砂堡，可是這裡又不會有海水湧上來灌滿護城河，因此大家顯得有些意興闌珊。這時，年紀最大的希瑞爾提議挖個洞穴，讓所有人躲進去，但是其他孩子認為這麼做不安全，紛紛反對。最後，他們決定合力在城堡下方挖一個直通澳洲的洞穴。這些孩子相信地球是圓的，而在地球另一邊，澳洲小孩可能正頭下腳上地走路。

大家拚命挖洞，弄得汗流浹背，渾身是砂礫。小羊以為地上的砂石是紅糖，於是開心地抓來吃，結果發現那些只是碎石子後難過地嚎啕大哭，最後累得躺在地上呼呼大睡。這對他的哥哥、姐姐來說倒是一件好事，他們少了一個包袱，就可以竭盡全力挖洞了。通往澳洲的洞穴很快就挖得非常深了，這時，珍要大家先停下手邊的工作。

「萬一你們一下子挖穿洞底，就會掉到那些澳洲小孩身上，而且砂礫也會跑進他們的眼睛裡。」珍擔憂地說。

雖然希瑞爾和安西婭知道澳洲距離這裡十分遙遠，但還是同意用雙手代替鏟子挖洞。過了許久，大家漸漸對這個遊戲失去了興趣，於是改到附近的小洞尋找貝殼。不過，由於安西婭不喜歡半途而廢，因此仍然努力地挖著洞。

就在這時，安西婭忽然大聲尖叫：「希瑞爾，快過來！牠是活的！牠要跑走了！快點！」

大家急忙趕過去，你一言我一語地猜想著安西婭究竟看到了什麼。

正當希瑞爾準備用鏟子挖洞時，安西婭卻連忙阻止：「不要用鏟子，你會弄傷牠的！你用手挖吧。」

「那麼說不定我會被牠咬傷啊！」希瑞爾抓著鏟子說。

安西婭見希瑞爾不聽她的勸告，於是決定親自用手挖。過了一會兒，她開心地大叫：「我摸到牠了！」

忽然間，洞穴裡傳來一個乾啞的聲音，嚇得大家連忙往後退。

「別打擾我！」牠說。

「但是我們想看看你。」羅伯特勇敢地說。

「我希望你能出來。」安西婭也跟著附和。

「噢，好吧！如果這是你們的願望。」那聲音說。

接著，砂石開始旋轉散開，一隻毛茸茸的棕色胖東西滾了出來，身上的砂石簌簌地落下。牠坐在洞口打呵欠，用手揉著兩邊的眼角。

孩子們屏氣凝神地盯著這個奇怪的生物看。牠的雙眼長在兩支長角上，彷彿蝸牛的眼睛，而且還能夠像望遠鏡那樣伸縮自如；牠有一對像蝙蝠的耳朵，身體圓滾滾的，上面還布滿棕色的毛髮，四肢和猴子一樣纖細。

「這到底是什麼東西？」珍說：「我們把牠帶回家好嗎？」

那東西用牠長長的眼睛盯著珍看，輕蔑地說：「她總是這樣胡說八道嗎？還是她的腦袋裡只有這些奇怪的想法？」

「她不是有意的。」安西婭溫和地說：「別害怕，我們不會傷害你的。」

「傷害我？」牠說：「我會害怕？哼，聽你們說話的口氣，好像根本不把我放在眼裡！」

牠身上的毛全豎了起來，彷彿一隻準備打架的貓。

安西婭見狀，仍舊溫和地說：「如果我們知道你是誰，就能夠說出得體的話語，也就不會惹你不高興了。那麼請問你是誰呢？」

「你們真的不知道？」牠說：「唉，雖然我知道世界變了，但是你們認不出『沙米亞德』真是讓我太驚訝了！」

「『沙米亞德』？聽起來像是希臘文。」

「大家都是這樣稱呼我們的！」那東西尖聲說道：「好吧，簡單來說，『沙米亞德』就是沙仙，你們真的不知道沙仙嗎？」

珍看沙仙如此失望，連忙說：「我第一眼就認出你了！」

「從你剛才說的第一句話就知道你不認識我，別想耍我！」沙仙一邊生氣地說，一邊往洞穴裡鑽。

羅伯特見沙仙掉頭就走，急忙大喊：「噢，不要走！我原先不知道你是一位沙仙，但是一見到你，我馬上就知道你是一個了不起的生物。」

聽了這番話，沙仙似乎沒那麼生氣了。

「好吧，說說話倒是沒什麼關係。」沙仙說：「如果你們對我說話時有禮貌一點，我也許會回答你們。好了，你們想說什麼？」

大家絞盡腦汁，卻想不出究竟該對沙仙說什麼才好。過了好一陣子，羅伯特才總算想出一句：「你在這裡已經多久了？」

「噢，應該有好幾千萬年了。」沙仙回答。

「請你說說那時候的事情吧！」

「這些書上都有了。」沙仙說。

「可是卻沒有提到你啊！」珍說：「請把你的事告訴我們吧！」

沙仙摸摸牠長長的鬍子，然後微笑著說：「今天的陽光多麼燦爛啊，就跟以前完全一樣。你們現在是從哪裡得到大地懶啊？」

「什麼？」孩子們異口同聲地問。

「現在的翼手龍多嗎？」

孩子們面面相覷，無法回答。

「你們早餐吃什麼？是誰準備早餐給你們吃？」沙仙不耐煩地問。

「我們吃火腿、蛋和麵包等，是

媽媽替我們準備的。你說的翼手龍和大地懶到底是什麼東西啊？難道有人拿牠們當早餐吃嗎？」

沙仙看孩子們真的不知道，於是開始講起遠古時期的飲食習慣，並說當時的人們只要找到一個沙仙，就能實現任何願望。除此之外，還告訴他們只要太陽一下山，沙仙變出來的東西就會變成石頭。

沙仙說完後，開始用牠那雙毛茸茸的手飛快地挖砂礫。

「噢，別走！」孩子們大叫：「請再多講一些以前的事情吧！那時候的世界和現在一樣嗎？」

沙仙停止動作，然後緩緩地說：「完全不一樣！我們沙仙一向生活在海邊，孩子們經常堆沙堡給我們住。那是幾千萬年前的事了，可是我聽說孩子們到現在還是會在沙灘上堆城堡，看來習慣是很難改變的。」

「可是你為什麼沒有住在沙堡裡呢？」羅伯特問。

「這是一個悲慘的故事。」沙仙愁眉苦臉地說：「因為小孩一定都會為城堡挖護城河，洶湧的海水就會灌進洞穴裡。沙仙只要一濕就會感冒，而且幾乎無法抵擋病魔，因此沙仙變得愈來愈少。」

「你有被弄濕過嗎？」羅伯特問。

「只有一次，」沙仙顫抖地說：「就是我左邊第十二根鬍子。直到現在，只要天氣一潮濕，我還是可以感受到那根鬍子不太對勁。之後，我便趕緊跑到海灘後方，在溫暖的乾沙裡住了下來，直到大海後來搬了家。好了，今天就先說到這裡吧！」

「等等，你現在還能實現人們的願望嗎？」

「當然可以！」沙仙說：「我剛才不是已經實現了你們的一個願望嗎？你們說：『我希望你能出來。』所以我就出來了。」

「噢，謝謝你！我們可以再提一個願望嗎？」

「可以，不過要快一點。」

孩子們好不容易得到機會，卻怎麼也拿不定主意該祈求什麼才好。

「快點！」沙仙不高興地說。

這時，安西婭想起她和珍曾有過一個祕密願望，可是從來沒有告訴男孩們。她知道男生絕不會對它感興趣，但總比什麼都沒說來得好。

「我希望我們全都漂亮得讓熟人都認不出來！」安西婭大叫。

這時，沙仙伸出牠的長眼睛，屏住呼吸將身體鼓了起來，直到比原先體積大了一倍，毛髮也多了一倍。突然，牠把屏住的氣吐出來，發出長長的嘆息。

「我好像辦不到，一定是因為我太久沒有練習了。」沙仙抱歉地說。

「請再試一次吧！」孩子們央求。

「好吧！」沙仙說：「其實我留了一點力氣，準備滿足你們其他人的願望。如果你們能聯合起來，一天只提出一個願望，我應該能夠鼓足力氣做到。你們同意這個做法嗎？」

大家用力地點了點頭。

於是，沙仙將兩隻眼睛伸得更遠，渾身又膨脹了起來，幾乎快把整個洞口塞滿了。忽然間，牠洩了氣，恢復成原來的大小。

「會不會很難受？」安西婭擔心地問。

「還好，謝謝你。」沙仙喘著氣說：「你是一個懂得關心別人的善良孩子，再見！」

沙仙說完後，瞬間消失在砂石坑裡。接著，孩子們互相注視著對方，發現自己和另外三個陌生的漂亮孩子站在一起。他們呆站在原地，每個人的心裡都想著其他兄弟姐妹究竟跑到哪裡去了。

這時，安西婭忍不住開口詢問珍：「對不起，你有在附近見過兩個小男孩和一個小女孩嗎？」

「我也正想問你呢！」珍大叫。

這時，希瑞爾大叫：「原來你是珍！我認得你圍裙上的破洞！你是安西婭，對嗎？我看到你的那條髒手帕了。天啊，願望居然成真了！快告訴我，我和你們一樣好看嗎？」

「如果你是希瑞爾，我倒是比較喜歡你原來的模樣。」安西婭說：「你現在看起來就像教堂唱詩班裡的男童，有著一頭閃亮的金髮。如果那一位是羅伯特，他現在簡直就是義大利街頭彈手風琴的孩子，頭髮非常黑。」

「你們兩個才像是聖誕卡片上的小女孩呢！」羅伯特不服氣地說：「看起來十分愚蠢，尤其是珍的那頭紅髮。」

「好了，我們別再吵了。」安西婭說：「我們趕緊抱小羊回去吃晚餐，然後讓家裡的女僕讚美我們一番。」

大家來到小寶寶的身旁，發現他的容貌還是一模一樣，他們心想可能是沙仙沒看見小寶寶，所以才會只有他們四個變漂亮。安西婭伸出手想抱起小羊，可是小羊卻拚命躲開她，要知道，安西婭可是小羊最喜歡的姐姐！

其他孩子見狀，連忙安撫小羊，可是他們一靠近小羊，小羊立刻哇哇大哭，這才讓孩子們驚覺，小羊不認得他們了！最後，他們只好試著和小羊做朋友、取得他的信任，才順利將他抱回家。

「我們總算到家了！來，快把小寶寶接過去，謝謝你。」珍說著，搖搖晃晃地穿過花園來到瑪莎的面前。瑪莎是他們的保母，此刻正站在大門口，焦急不安地四處張望。

「天啊，你總算平安回來了！」瑪莎說：「其他孩子跑到哪裡去了？你們又是誰？」

四個孩子極力向瑪莎證明他們就是希瑞爾、安西婭、羅伯特和珍，可是瑪莎卻怎麼樣也不相信他們，「砰」地一聲關上了門。

孩子們並沒有就此放棄，反而拚命地按著門鈴。不久，廚娘從窗戶探出頭來警告他們快點離開，否則就要報警處理了。

羅伯特不死心，想爬進後面那扇窗，然後開門讓其他人進屋。可是他不僅搆不到窗戶，反而還被瑪莎從樓上潑了一桶冷水。

四個孩子只好絕望地離開，他們無助地坐在樹蔭下，一邊默默等待太陽下山的那一刻，一邊害怕地想著自己可能永遠無法回到原來的模樣，或是如沙仙所說，牠變出來的東西最後會變成石頭。

這時，希瑞爾打破寂靜，說：「我不是故意要嚇唬你們，可是我覺得我的腳逐漸變得僵硬，好像就要變成石頭了！」

大家聽了這番話後，緊張了好一會兒，後來才弄清楚，希瑞爾的腳只是因為坐太久而麻掉了。

最後，孩子們疲倦地躺在草地上，很快地就進入了夢鄉。過了一陣子，安西婭醒了過來，此時太陽已經下山了。

她連忙喚醒其他人，高興地說：「太好了，我們沒有變成石頭！而且你們大家都變回原來的模樣了！」

累壞了的孩子們回到家後，被瑪莎狠狠罵了一頓。大家知道瑪莎絕對不會相信沙仙的事，只好告訴她，他們被那幾個漂亮的孩子強迫留在砂石坑那裡，所以才會這麼晚回家。

瑪莎聽完後，生氣地說：「好吧，我希望這對你們是個教訓，記得不要隨便和陌生的孩子一起玩。下次如果再見到他們，千萬不要和他們說話，然後馬上回來告訴我，知道嗎？」

大家用力點點頭，然後開心地坐到餐桌前，準備享用香噴噴的晚餐。

羅伯特一邊津津有味地吃著，一邊低聲說：「我們以後要小心一點，永遠不要再看到他們。」

後來，他們真的再也沒有見過那幾個漂亮的孩子。

第二章　小小百萬富翁

早晨，安西婭從一個非常逼真的夢境中醒來。在夢中，她淋著雨走在動物園裡，動物們似乎因為下雨而變得很不快樂，憂傷地呼嚕呼嚕叫。她醒來時，呼嚕聲和雨滴依然繼續存在著。原來，呼嚕呼嚕聲是妹妹珍因為感冒，而發出來的沉重呼吸聲；落在安西婭臉上的雨滴，其實是弟弟羅伯特在她的臉上擰濕毛巾，他說這麼做是為了叫醒她。

「拿開！」安西婭生氣地說：「我做了一個奇怪的夢。」

「我也是！」珍猛然醒過來，說：「我夢見我們在砂石坑裡找到一個沙仙，牠自稱『沙米亞德』，可以每天實現我們提出的一個願望。」

羅伯特驚訝地說：「我也做了同樣的夢！而且你們在夢裡希望我們全都漂亮得讓熟人認不出來，結果我們變得太漂亮了，真是糟糕透頂。」

「不同的人能做同樣的夢嗎？」安西婭疑惑地問。

就在三個孩子嘰嘰喳喳地討論著那個怪夢時，大哥的聲音從外面的樓梯口傳了過來。希瑞爾來到房門口，衣服已經穿戴整齊了。

「希瑞爾，我們三個做了相同的怪夢，夢見找到了一個沙仙……」安西婭看到希瑞爾輕蔑的目光，便不繼續說了。

「夢？」希瑞爾說：「這些全都是真的！我們吃完早餐後，馬上去砂石坑提出另一個願望，但是去之前，我們要先決定願望是什麼，沒有人可以提出未經別人同意的願望，也不要再提出類似昨天那種毫無意義的心願。」

其他孩子聽見希瑞爾的話，驚訝地目瞪口呆，急忙穿上了衣服。

這天，瑪莎要帶小寶寶去洛契斯特探望表姐，也就是說孩子們可以擺脫兩個麻煩的人物了。經過一番精心打扮後，瑪莎便抱著小寶寶坐進馬車，然後消失在車輪揚起的滾滾塵土中。

等他們一離開，希瑞爾馬上說：「我們去找沙仙！」

他們一邊走，一邊商量，並且決定了他們要提出的願望。昨天，孩子們早已在沙仙消失的地方圍了一圈石頭做記號，因此很快就找到了那個地點。他們一到目的地後，便開始用手挖洞，不久就挖出了沙仙毛茸茸的身體。

沙仙坐起來，把身上的砂石甩掉。

「你左邊那根鬍子怎麼樣了？」安西婭彬彬有禮地問。

「不怎麼好，不過還是謝謝你的關心。」

羅伯特緊接著說：「你覺得今天可以滿足我們不只一個願望嗎？因為我們希望除了原來的願望之外，能夠再追加一個小小的心願。」

「唉呀，我剛才睡覺時，好像夢見了你們呢！有時候我的確會做一些非常古怪的夢。」沙仙喃喃自語地說。

「我希望你能把你做的夢說給我們聽，它一定非常有趣。」珍說。

「這是你們今天要提出的願望嗎？」沙仙打著呵欠說。

希瑞爾瞪了珍一眼，其他人則不發一語。如果他們說「是的」，他們原先決定要提出的願望就泡湯了；如果他們說「不是」，那又顯得太沒有禮貌。

直到最後，每個人才鬆了一口氣，因為沙仙說：「如果我這樣做，就會沒有力氣實現你們提出的第二個願望，哪怕只是簡單的小事情。」

希瑞爾急忙說：「我們不需要你為珍提出的無心願望鼓起來。」

「好吧！」沙仙說：「我先替你們實現那個額外的小願望。」

「我們希望女僕們不要發現你幫我們實現的願望。」羅伯特說。

沙仙鼓起了一點點，然後又把氣洩掉，說：「我已經幫你們把這件事情辦好了，下一個願望是什麼？」

羅伯特緩緩開口：「我們要有錢，而且多得數不完。」

「貪心！」珍說。

「沒錯！」沙仙搖搖頭說：「這對你們沒有多大好處，只學會享樂。說吧，你想要多少錢？要金幣還是紙幣？」

「要幾百萬個金幣，謝謝你！」

「把這個砂石坑填滿總夠了吧？那麼在我開始之前，你們趕快離開這裡，否則會被活埋在金幣裡。」

沙仙說完後立刻伸長手臂，緩緩地揮動著，孩子們連忙拚命朝砂石坑外的路跑去。只有安西婭還算冷靜，她一面跑，一面膽怯地回頭大叫：「再見，我希望你的鬍子明天會好一些！」

到了路上，他們回過頭看，頓時大吃一驚，原來整個砂石坑充滿了閃閃發亮的金幣！中午的烈日照在金幣上，讓砂石坑彷彿變成了金碧輝煌的神殿。

孩子們張大了嘴，誰也說不出話來。

羅伯特撿起一個金幣，仔細地檢查它的正反面，然後小聲地說：「這不是英國金幣，它們一面是人頭，一面是黑桃。」

「可是，它確實是金幣。」希瑞爾說。

孩子們大把大把地抓起金幣，讓它們從指縫間像水一樣漏下去，金幣叮叮噹噹落下來的聲音，真是好聽極了！

「聽我說，」希瑞爾說：「如果這些東西對我們有用處，我們就不能只是這樣目瞪口呆地盯著它們，讓我們把口袋裡裝滿金幣去買東西吧！別忘了，太陽下山後，這些東西就會消失。唉呀，剛才怎麼忘了問沙仙為什麼現在變出來的東西不再變成石頭了！總之，我知道村子裡有小馬和馬車。」

「你想買下它們嗎？」珍問。

「不，我想用租的，然後去洛契斯特大肆採購一番。現在，我們趕緊用金幣塞滿口袋吧！」

四個孩子把自己衣服上的口袋塞得鼓鼓的之後，動身前往村莊。由於路途遙遠，加上天氣炎熱，他們的腳步變得愈來愈沉重。

最後，珍終於忍不住說：「突然擁有這麼多錢，實在不知道該如何把它們花完！我打算把一些金幣埋在那棵大樹底下，然後直接到村裡去買餅乾。」

她說完後，便掏出兩把金幣藏在泥土裡。

孩子們繼續朝村莊前進，他們愈走愈累，因此忍不住把身上的金幣藏在沿途的大樹下。不過當他們抵達目的地時，口袋裡還是大約有一千兩百個金幣。大家來到第一張長椅前面，一屁股坐了下來，這裡正好是藍野豬客棧的門口。

這時，大家決定由希瑞爾進去客棧裡買汽水，因為正如安西婭說的：「男人到公共場所去絕不會有錯，孩子進去就不行。希瑞爾的年紀最大，看起來也最像一位大人。」

於是希瑞爾走進客棧，其他孩子則模仿小狗散熱時伸出舌頭的模樣，然而這似乎只讓他們感到更加口渴，而且還不停被路人注視，他們只好縮回舌頭。過了不久，希瑞爾拿著汽水回來了。

「我是用我準備買兔子的錢來買汽水的。」希瑞爾說：「店員不肯收我的金幣，他們說那些只是玩牌用的籌碼罷了。」

「好吧，我是老二，現在該輪到我用這些錢去買點東西了。」安西婭充滿自信地說：「小馬和馬車在哪裡？」

希瑞爾指了指格子花客棧，安西婭立刻從後門走進院子裡，因為他們都知道小女孩不該走進公共場所。過了一會兒，她從容地回到其他孩子身邊，說：「老闆說他馬上就準備好，他願意載我們到洛契斯特，並在那裡等我們採買完，然後再送我們回來，而且他只要一枚金幣！」

「你是怎麼辦到的？」希瑞爾悶悶不樂地說。

「我只是在客棧裡找到一個小夥子，然後拿出一個金幣給他看，於是他就請他的父親過來招呼我。老人家瞧了瞧，告訴我這是英國早年發行的舊金幣。他確認我是這個金幣的主人後，便答應了我的請求。」

坐在漂亮的馬車上，沿著風景宜人的鄉村大道走，對這四個孩子來說是一種全新的感受。每個人一路上都默默地想著自己的花錢計畫，因為他們不想讓客棧老闆聽到他們談論如何花掉這些錢。

過了一陣子，他們在橋的旁邊下了車。

「如果要買馬車和馬，您會到哪裡去買呢？」希瑞爾假裝不經意地問。

「你們可以到撒拉森人頭像客棧找皮斯馬什，在洛契斯特，沒有人比他說話更實在的了。」

孩子們聽了老人的建議後，立刻朝客棧出發。不過這一路上，他們發現沙仙的金幣得來容易，卻非常難花掉。

先是安西婭，她想買一頂裝飾著粉紅色玫瑰和藍色孔雀毛的漂亮帽子，可是店家卻說她的金幣現在不通用而拒絕收下。起初，安西婭以為是自己的手太髒，店員才沒有收下她的金幣，可是接連走進幾家商店，卻都碰到同樣的問題。

四個孩子仍舊不死心，繼續走進各式各樣的店鋪，但那天在洛契斯特居然沒有任何一個人願意收下他們的金幣。大家就這樣經過一家又一家的商店後，人變得愈來愈髒，頭髮也變得愈來愈亂，模樣相當狼狽。

他們餓壞了，卻沒有人願意賣東西給他們吃。於是，大家只好依照希瑞爾的

建議，邁開步伐走進一家糕餅店，拿起三個剛出爐的小麵包，並同時在三個麵包上大大地咬了一口。糕餅店老闆大吃一驚，連忙走出櫃檯。

「這是付給你的麵包錢。」希瑞爾遞給老闆一枚事先準備好的金幣。

老闆接過金幣，咬了咬它，確認這是金幣後，把它放進了口袋。

在城堡公園裡，這幾位「百萬富翁」啃完了他們的那些小麵包。雖然肚子被填飽了，但是一想到要冒險去撒拉森人頭像客棧，找皮斯馬什打聽馬車和馬的事情，就瞬間感到不寒而慄。男孩們寧願放棄這個主意，然而珍向來樂觀，安西婭又十分固執，男孩們只好乖乖地跟著走。

大家就這樣朝著撒拉森人頭像客棧走去，並且決定故

技重施：安西婭在格子花客棧的「後院進攻法」。皮斯馬什先生正好在後院，羅伯特在大家的推舉下，開啟了這次的交易。

「我們打聽到您販賣許多馬車和馬，對嗎？」

「沒錯。」皮斯馬什先生說。他的個子瘦長，有一雙湛藍的眼睛和兩片薄薄的嘴唇。

「我們很想買些馬，您能挑幾匹讓我們看看嗎？」

「你在開什麼玩笑？」皮斯馬什先生吃驚地說。

「我們要買馬和馬車，有人告訴我們您相當靠得住，但我懷疑他是不是弄錯了。」羅伯特正經地說。

「要我把整個馬廄的馬趕出來，供您過目嗎？」皮斯馬什先生把雙手插進口袋，哈哈大笑，因為他打從心底認為羅伯特根本沒有錢。

兩個女孩見情況不太對勁，立刻拉著羅伯特的上衣想趕緊離開。沒想到，羅伯特為了挫一挫皮斯馬什先生的銳氣，居然掏出了兩大把閃閃發光的金幣。

皮斯馬什先生看過金幣後，立刻命令員工關上院子的門，並且露出不懷好意的笑容。

「再見！我們不想買您的馬了！」羅伯特說完後，趕緊溜到旁邊一個敞開的小門，卻被皮斯馬什先生擋住了去路。

「威廉，去叫警察。」皮斯馬什先生命令員工。

孩子們全都嚇得擠在一起，皮斯馬什先生則滔滔不絕地教訓他們：「你們這群小壞蛋，竟然拿這些金幣來誘騙老實人！」

「這些金幣是我們的！」希瑞爾勇敢地說。

「那你們是從哪裡得到的？」

「我們在砂石坑得到這些金幣。」珍解釋：「那裡有一個全身棕毛的精靈，牠一天可以實現我們一個願望。」

「這個小女孩的腦袋是不是有問題？」皮斯馬什先生怒不可遏地說：「你們這些小鬼，居然利用這個可憐的瘋女孩來行竊，真是可恥呀！」

安西婭極力為珍反駁，但是皮斯馬什先生卻認為她和珍一樣發瘋了。就在這時，威廉回來了，後面還跟著兩位警察。

皮斯馬什先生連忙將事情的經過告訴警察，其中一位聽完後，嚴肅地說：「不管怎麼樣，我先把他們帶走，交由上級處置。我想，他們大概會把那兩個發瘋的丫頭送到精神病院，再把那兩名男孩送到感化院。」

四個孩子既生氣又害怕，連話都說不出來，就這樣被押著走過洛契斯特的一條條街道。憤怒和恐懼的淚水模糊了他們的視線，因此當羅伯特撞到路人時，根本無法看清楚對方是誰，直到他聽見一個熟悉的聲音說：「唉呀！這不是羅伯特少爺嗎？你在這裡做什麼啊？」才發現自己撞到瑪莎和小寶寶了！

警察告訴瑪莎事情的原委，可是她卻一個字也不相信，甚至羅伯特當場從口袋裡掏出金幣時，她也堅決地說自己什麼也沒看見。其實，那是因為孩子們先前祈求沙仙不要讓家裡的女僕們發現牠幫他們實現的願望，所以瑪莎才會打從心底認為警察在和她開玩笑。

當他們來到警局時，天已經黑了。警察將孩子們領進一個空蕩蕩的大房間，準備由警長進行審問。

「把金幣拿上來！」警長大聲命令。

「快把口袋翻出來，然後交出金幣！」警察對孩子們說。

希瑞爾無計可施，只好將雙手伸進口袋裡，沒想到那些金幣居然全都不翼而飛，任憑警長怎麼找也找不到。只有孩子們知道那是因為太陽下山了，沙仙變出來的東西當然消失得無影無蹤。

瑪莎見狀，更加生氣地說：「如果你們找不出明確的證據，能夠證明這些孩子犯了錯，那麼我就要帶他們回家了！」

瑪莎將孩子們送上馬車後，立刻揚長而去。雖然面對警察時，她非常堅決地站在孩子那一方，但一等到她和這些小傢伙獨處時，她卻生氣地罵了他們一頓，因為他們竟然獨自跑到洛契斯特來。如此一來，誰也不敢提起那位還在洛契斯特等著接他們回家的格子花客棧老闆。

就這樣，四個孩子發了一天大財以後，毫無面子地被叫上床，而且只買到了十二個小麵包。

最讓他們難過的是，他們擔心格子花客棧老闆的金幣也會和其他金幣一樣消失得無影無蹤，因此他們第二天特地下山到村子裡查看，順便為他們沒有遵守約定向他道歉。

沒想到，老人家對他們仍舊相當友善，而且金幣不僅沒有消失，還被鑽了個洞，然後掛在錶鏈上。

第三章 人見人愛的小寶寶

到目前為止，孩子們已經向沙仙提出了兩個願望，一個是要變漂亮，一個是變得有錢，然而這兩個心願不但沒有為他們帶來快樂，反而害大家陷入了各種窘境。雖然四個孩子已經不覺得找到沙仙是一件多麼幸運的事情，但總比什麼也沒發生的枯燥日子來得好。

由於所有人在今天早上全都睡過頭，因此根本沒有足夠的時間好好商量下一次要提出什麼願望。他們本來打算在吃早餐時擬定計畫，卻因為要照顧小寶寶而分身乏術。

那天早晨，小寶寶特別活蹦亂跳，一下子在嬰兒座椅上扭來扭去，一下子拿起湯匙猛敲希瑞爾的頭。在接下來的幾個小時裡，只要孩子們談論到有關沙仙的話題，小寶寶就會惹出一些麻煩，把大家搞得筋疲力盡。最後，小寶寶甚至將餐

桌上的魚缸打翻，讓瑪莎不得不把他抱回房間換衣服，其他孩子也都得換下溼答答的衣裳。

不幸的是，珍如果沒有補好昨天弄破的裙子，就得整天穿著她那件最好的洋裝，但是瑪莎絕對不會答應讓珍這麼做的，因為她認為這種衣裳一定得在重大場合穿才合適。

因此，珍只好縫補那件破掉的裙子，其他孩子也非常有義氣地坐在草地上，陪著她一起修補衣裳。大家趁著小寶寶不在的時候，趕緊商討對策。

安西婭和羅伯特原本打算隱瞞他們內心的想法：沙仙不可靠，但是希瑞爾態度堅決地說：「你們有什麼想法就說出來吧，不要扭扭捏捏的。」

於是羅伯特說：「安西婭和我認為沙仙是個壞心腸的怪物，因為每次我們實現願望後的下場都很淒慘。我看，我們還是改去白堊礦場那裡玩耍吧！」

希瑞爾聽了之後，卻說：「我不認為沙仙是存心這麼做的，而且希望擁有很多錢本來就不是一個好主意，如果我們提出要五十英鎊，並且全都是兩先令的銀幣，那就明智多了。總之我們必須集思廣益，想出一個真正有用的願望。」

珍也放下手邊的針線，跟著附和：「希瑞爾說得沒錯，我們一定要把握機會得到一些對我們有用處的東西，然後快快樂樂地度過每一天。」

她說完後，又開始發瘋似地縫補裙子，因為時間正匆匆流逝，其他人則繼續七嘴八舌地討論有關沙仙的事情，最後大家一致決定要向沙仙提出五十英鎊的願望，並且所有的錢必須是兩先令的銀幣。

當四個孩子急急忙忙地要趕去砂石坑時，瑪莎卻在花園追上了他們，並要求大家必須帶小寶寶一起出門。

「你們真的不要他嗎？這麼可愛的小寶貝，大家都會搶著要他。而且你們答應過你們的母親，每個晴朗的日子都會帶他出去玩。」瑪莎說。

「我知道我們曾經做過這個承諾。」羅伯特哭喪著臉回答：「可是等小寶寶再長大一點，帶他出去會比較輕鬆。」

但是瑪莎不理會羅伯特說的話，仍舊將小寶寶塞進他的懷裡，大夥兒只好無奈地帶著小寶寶前往砂石坑。

路途中，熱心的珍建議大家應該幫小寶寶向沙仙許願，例如讓他成為童話故事中的小王子等，但是安西婭冷靜地告訴她，太陽下山後所有的願望都會消失，這麼做並不會為小寶寶帶來任何好處。最後，大家決定依然向沙仙提出五十英鎊的願望，然後再用一部分的錢替小寶寶買禮物。

當他們抵達目的地時，卻忽然想起昨天因為金幣填滿了砂石坑，而無法在沙仙離開的位置做記號，因此他們現在只能傻呼呼地站在原地面面相覷。

「沒關係，我們很快就會找到牠的。」珍樂觀地說。

可是他們找了又找，卻只發現昨天遺留下來的小鏟子，疲憊不堪的孩子們只好先坐下來休息，然後照顧生龍活虎的小寶寶。

他頑皮地抓起一把砂礫朝安西婭丟去，接著把腦袋鑽進砂石堆裡倒立著，懸空搖晃他那兩條小胖腿，結果砂礫跑進他的雙眼裡，讓他痛得哇哇大叫。羅伯特趕緊拿出從家裡帶來的汽水，設法沖掉小寶寶眼睛裡的砂礫，可是汽水弄得小寶寶更加不舒服，使他不停亂踢亂叫。最後，那罐汽水被小寶寶打翻，流進砂石堆裡了。

這時候，一向對小寶寶耐心十足的羅伯特氣呼呼地說：「是誰說什麼人都想要他的？他太煩人了，我真希望大家都能誠心誠意地想要這個孩子，這樣我們就都能夠清靜了。」

就在這時，小寶寶停止大哭大鬧，因為珍忽然想起有一個辦法可以把東西從小孩的眼睛裡弄出來，那就是用柔軟的濕舌頭去舔。

接下來是一陣難熬的沉默，因為羅伯特覺得自己剛才那樣大發雷霆不對，其他人也不知道該說些什麼來安撫他的情緒。

這陣沉默突然被一聲嘆氣打破了，所有的孩子同時轉過頭去，大家看到沙仙正坐在他們旁邊，毛茸茸的臉上掛著可愛的微笑。

「早安！」牠說：「這件事很容易做到，現在所有的人都要他了。」

羅伯特繃著臉說：「反正這裡沒有人想要這個孩子。」

「你說的話讓人感到不寒而慄。」沙仙說。

珍趕緊說：「其實我們不是真的要提出這樣的願望，你能把它收回，然後替我們實現另一個心願嗎？」

「不行！我辦不到！」沙仙斬釘截鐵地說：「你們許願時應該要非常謹慎才行。從前有一個小男孩，因為和父母吵架而無法去畢業旅行，後來他跑到我的身邊，說他希望自己死掉算了，所以他就這樣去世了。當然，太陽下山後他又活了過來，但這對他來說已經是個很好的教訓。」

大家聽完故事後都十分驚恐，並害怕地看著沙仙。這時，小寶寶忽然發現有一團毛茸茸的東西在他旁邊，便伸出沾滿汽水的雙手去抓，結果碰到了沙仙的鬍子，嚇得牠趕緊鑽進砂石堆裡。孩子們見狀，連忙用石頭做好記號。

「我們也回家吧！」羅伯特深感抱歉地說：「這個願

望雖然沒有帶來任何好處，卻也沒有讓大家落得悽慘的下場，而且至少我們做了記號，明天就可以輕鬆地找到沙仙了。」

其他人也十分寬宏大量，並沒有責備羅伯特。希瑞爾抱起小寶寶，走在前面領著大家回家。正當孩子們開開心心地聊著天時，一輛非常漂亮的敞篷馬車經過了他們身邊。馬夫駕著馬車，車上坐著一位男僕和一位看起來雍容華貴的夫人。她的長裙上鑲滿了白色花邊和紅色緞帶，手裡拿著一把紅白相間的洋傘，膝蓋上坐著一隻圍著紅緞帶的白色毛茸茸小狗。

夫人看了看孩子們，特別是可愛的小寶寶，並對他微笑。大家對這種事習以為常，因為就如瑪莎所說，小羊是個非常可愛的孩子。他們有禮貌地向夫人揮揮手，以為她會就這樣離開。沒想到，她卻命令馬夫將車子停下來，並對希瑞爾搖搖手，示意他走到馬車旁。

她對希瑞爾說：「噢，我很想收養這個可愛的小寶貝，你的母親應該不會介意，對吧？」

「她當然會在乎！」安西婭說。

「噢，你可能不知道我是奇坦登夫人吧？我會讓他在優渥的環境下成長，所以你可以請你的母親放心……」

夫人說到一半，忽然打開車門，一把從希瑞爾的懷裡搶走孩子，然後迅速揚長而去。小寶寶嚇得哇哇大哭，白色的小狗也不停吠叫。四個孩子互相看了彼此一眼後，立刻跑去追趕馬車。

馬車持續奔馳著，小寶寶哭累之後，迷迷糊糊地睡著了。過了許久，車子終於在一座大狩獵場的管理員小屋前停下來。孩子們趕緊蹲在馬車底下躲起來，夫人則不忍心叫醒熟睡的小寶寶，獨自下車和管理員攀談。

這時，馬夫和男僕跳下馬車，目不轉睛地注視

著小寶寶。

「多麼討人喜歡的孩子啊！真希望他是我的。」馬夫說。

「他太漂亮了，一點也不像你。」男僕嘲笑他。

馬夫假裝沒聽見，自顧自地說：「我對夫人的行為感到驚訝，因為她一向討厭孩子，不僅自己沒有小孩，也不喜歡別人家的小寶貝。」

蹲在馬車底下的四個孩子不安地相互對視。

「不如我把這個小傢伙藏到樹林裡，再告訴夫人他被他的哥哥姐姐帶走了，之後再回去找他。」馬夫說。

「不行，我絕不答應！如果有人能夠得到他，

那個人就是我！」男僕生氣地大喊。

兩人就這樣爭論不休，最後甚至大打出手，他們的打鬥聲讓小狗發瘋似地跑到駕駛座上汪汪大叫。希瑞爾在混亂中趁機爬出馬車，然後抱起熟睡的小寶寶飛也似地狂奔到樹林裡，其他孩子也立刻跟在後面。

直到夫人生氣地喝止馬夫和男僕，他們倆才驚覺孩子不見了。三人心急如焚地到處搜索，卻怎麼也找不到，只好駕著馬車離去。

等車輪聲消失後，希瑞爾才深深吸了一口氣，說：「現在小寶寶的確變得人見人愛了，我們還是趕緊平安地帶他回家吧！」

於是他們朝外窺探，確定寬敞的道路上空無一人後，他們才鼓起勇氣走到外面，安西婭則抱著熟睡的小寶寶。

沿路上怪事接連不斷，先是一個男孩堅持要抱小寶寶，但是安西婭堅決不答應，並帶著大夥兒趕緊離開，沒想到那名男孩居然緊緊跟在後頭，最後希瑞爾和羅伯特用威嚇的語氣嚇跑了他；隨後，又有一名小女孩想搶走小寶寶，希瑞爾只好故技重施，趕走對方。

後來，這些哥哥姐姐們變聰明了，看見有人過來就趕緊躲到樹林裡去，避免小寶寶引起其他人的注意。

他們快到家時，最糟糕的事情發生了。大家在一個路口準備轉彎的時候，碰上了兩輛大篷車、一個帳篷和一群在路邊宿營的吉普賽人。大篷車的四周掛著柳條椅、搖籃、花架和羽毛刷子。一群衣服破爛不堪的孩子在路上開心地做泥餅，幾個男人躺在草地上抽菸，幾名女人在噴水池裡洗衣服。

大家一看到小寶寶，立刻將安西婭等人團團包圍。

「小姐，讓我抱抱他吧！」一個有著紅褐色臉蛋、土色頭髮的吉普賽女人對安西婭說：「我不會傷害他的。」

「不行！」安西婭堅決地說。

接著，每個吉普賽人七嘴八舌地大喊，要求安西婭交出小寶寶。這時，一個男人推開大家走上前來，並大聲地說：「他絕對是我失散多年的孩子！快點把他交給我，我就不去法院告你！」

男人一把搶過安西婭懷裡的小寶寶，讓她氣得眼淚都要流出來了。其他孩子也呆愣在原地，不知該如何是好。這是他們遇過最恐怖的一件事了，就連在洛契斯特被警察抓住的那件事，也完全無法與現在的情況相比。

希瑞爾的臉色慘白，雙手有點發抖，但仍舊盡力保持鎮定。他向其他孩子做了一個手勢，叫他們不要開口，然後苦思了一會兒後，對那群吉普賽人說：「如果他是你的孩子，我們也不想強留他，可是你看，他和我們比較熟稔。如果你堅持要他，那就給你好了。」

「不！」安西婭大叫，希瑞爾瞪了她一眼。

「我們當然要他。」那些女人說著，打算從那男人的懷裡搶過小寶寶，嚇得孩子哇哇大哭。

「噢，他被弄疼了！」安西婭尖叫，希瑞爾趕緊低聲要她安靜。

接著，希瑞爾對那些人說：「你們看，他不喜歡和陌生人待在一起！不如讓我們留在這裡，直到他和你們漸漸熟悉後，我們再離開。到時候，你們可以決定誰能得到這個可愛的小寶寶。」

「那很公平！」抱著小寶寶的男人說，並趁機鬆開被小寶寶抓住的領巾。

其他吉普賽人聽完後，開始竊竊私語，希瑞爾逮住機會，對弟弟妹妹們說：「太陽一下山，我們就立刻離開。」

這會兒，其他孩子們對於希瑞爾居然還記得沙仙的魔法規則，感到非常驚訝和敬佩。

了解希瑞爾的計謀後，珍勇敢地對吉普賽人說：「瞧，我們就坐在這裡，為你們照顧他，直到他和你們變得熟悉為止。」

「午餐該怎麼辦？」羅伯特忽然說，其他孩子紛紛投以鄙視的眼光。

「現在這個情況，你居然還擔心午餐？」珍生氣地說。

羅伯特對她眨了眨眼，然後對吉普賽人說：「我只是跑回家去把我們的飯菜拿來，你們應該不會介意吧？」

三個孩子不知道羅伯特的祕密計畫，但是那些吉普賽人一下子就看穿了。

「哼，其實你是想把警察帶來，然後編出一套謊話，說他是你們的孩子，對吧？」他們對羅伯特說：「如果你餓了，你可以吃我們的食物。」

吉普賽人見小寶寶都哭啞了，便將孩子還給安西婭，希望她能安撫他，並盡快讓小寶寶和他們變得熟悉。於是，四個孩子和小寶寶單獨坐在草地上，其他人則忙著生火煮飯。

「太陽下山後就會沒事的。」珍悄悄地說：「不過，我無法想像他們知道真相後，會如何處置我們。」

「放心，他們看起來不壞。」安西婭安慰她：「否則他們也不會願意給我們食物吃。」

「我才不要吃他們的東西！」羅伯特不屑地說。

時間一分一秒地流逝，等吉普賽人做好午餐時，已經接近傍晚了。雖然其他孩子也和羅伯特有一樣的想法，但是一拿到食物，還是吃得津津有味。小寶寶也開心地坐在安西婭的膝蓋上，吃著撒了紅糖的麵包，後來也答應讓其中兩位吉普賽女人餵他吃東西。

等到天色逐漸變黑時，小寶寶居然真的喜歡上一位有著黑色頭髮的吉普賽女人，甚至還會向那些吉普賽孩子傳送飛吻，並站起來，把手放在胸前向其他男人鞠躬，簡直就像個小紳士。每個吉普賽人都對小寶寶著了迷，連他的哥哥姐姐看到他這樣熱情的表現，也不由得有點高興和自豪，不過他們還是希望太陽能夠早點下山。

「我們都快要養成盼望日落的習慣了。」希瑞爾低聲說：「我真希望我們能提出一些真正有用處的願望，這樣我們就捨不得太陽下山了。」

過了不久，太陽漸漸消失在山的後面，但還沒有完全落下。可是，那些吉普賽人已經等得不耐煩了。

「好了，這個小傢伙已經和我們相處得十分融洽了。」圍紅領巾的男人說：「你們就依約趕緊離開吧！」

女人們過來圍住孩子，一邊伸出手臂，一邊露出友好的微笑，但是她們全都引誘不了忠誠的小寶寶。他用手腳緊緊抱住珍，發出淒厲的叫聲。

「這樣下去不行。」一個女人說：「把小寶寶交出來吧，我們會讓他安靜下來的。」

太陽還是沒有下山。

「告訴她該怎麼哄小寶寶睡覺。」希瑞爾悄悄地對安西婭說：「隨便說什麼都好，盡量拖延時間，等太陽完全下山，我們立刻逃跑！」

安西婭照著大哥的話去做，可是吉普賽女人卻不以為意，並說自己帶孩子的經驗十分豐富，要安西婭立刻把孩子交給她。

「我們還沒有決定他該歸誰呢！」一個女人說。

「沒錯！不許你擅自抱走孩子！」另一個男人也大叫。

結果吉普賽人就這樣吵得不可開交，就連那四個孩子也不知道該怎麼辦。忽然間，所有吉普賽人的臉色大變，好像有一塊看不見的海綿抹去了他們憤怒和不安的神情，以及他們心中過去幾個小時的全部情感，留下的只是一片空白。

孩子們終於盼到夜晚降臨了，可是他們不敢輕舉妄動。萬一那些吉普賽人恢復神智，會不會因為想到他們這一天有多麼傻而怒火沖天呢？

在這千鈞一髮的時刻，安西婭忽然壯大了膽子，把小寶寶交給圍紅領巾的男人，然後大聲地說：「給你！」

「小姐，我不想搶你的孩子。」他啞著嗓子說。

「我也不要，誰想要誰就把他抱走吧！」另一個男人說。

「我一定是被太陽曬昏頭了才會想要他。」一個女人說。

安西婭見狀，小心翼翼地問：「那麼我們可以把他帶走嗎？」

「當然沒問題，就這麼辦吧！」大夥兒齊聲回答。

接著，所有人開始急急忙忙地整理帳篷，準備過夜。不過那位小寶寶喜歡上的黑色頭髮女人，跟著孩子們走到大路轉彎的地方，依依不捨地說：「小姐，讓我抱抱他吧！我不知道是什麼原因導致我們做出這樣的傻事來，不管你們的大人怎麼和你們說，總之我們吉普賽人從來不偷嬰兒！事實上，我們的孩子已經夠多了，雖然我失去了我所有的孩子……」

她一邊說著，一邊朝小寶寶靠了過來。小寶寶看著她的眼睛，伸出一隻柔軟的骯髒小手摸摸她的臉龐。他不但讓這個女人親他，還回吻了她的臉頰。吉普賽女人開心地逗弄著孩子，並說了一些祝福的話後，就和安西婭等人告別了，孩子們則一直目送她離開，直到看不見她為止。

這時，羅伯特說：「她多麼傻啊！連太陽下山也不能讓她清醒過來。」

「我認為她非常高尚。」希瑞爾反駁。

「我也覺得她是一個可愛的人。」安西婭附和。

「無論如何，她實在太善良

了！」珍發自內心地說。

他們到家時，早已超過了吃晚餐的時間，瑪莎當然又責備了他們，不過只要小寶寶平安無事就好。

「我說……看來我們和其他人一樣都想要小寶寶。」羅伯特說。

「那還用說。」

「現在太陽已經下山了，你們覺得這一點有任何改變嗎？」

「沒有！」其他人異口同聲地說。

「其實這個願望對我們沒有任何影響。」希瑞爾向大家解釋：「因為我們本來就是全心全意地愛著小寶寶，只不過今天早上我們被他氣壞罷了，尤其是你，羅伯特。」

羅伯特沉默了一會兒後，緩緩開口：「今天早上我的確以為自己不要他了，不過當我真的失去他的時候，才發現完全不是那麼一回事。」

第四章 翅膀

第二天下著滂沱大雨，因此瑪莎告訴孩子們絕對不能跑到外面去。其實不用瑪莎提醒，這些孩子們也不會去砂石坑玩，因為他們知道這種時候不可以去打擾一位對水非常敏感的沙仙。

為了打發漫長的一天，孩子們決定寫信給母親。可是羅伯特不小心打翻了墨水瓶，墨水流進了安西婭的「祕密抽屜」，這裡放著橡皮擦和她寫了一半的信。墨水就這樣在抽屜裡蔓延開來，慢慢地流到了安西婭尚未寫完的信紙上，於是她的信變成了這個模樣：

親愛的媽媽：

我希望您很好，也希望奶奶好多了。

明天我們……

接下來是一片墨水，信的末尾用鉛筆寫了這些字：

墨水不是我打翻的，但花了許多時間收拾，寄信的時間已到，不再寫了。

您的愛女 安西婭

羅伯特原先想畫一艘船，然後再寫些要對母親說的話，可是他打翻墨水後，就開始匆忙地替安西婭收拾書桌，因此到了最後，他什麼也沒寫。

希瑞爾很快就寫好了一封長信，然後開心地跑去捉出現在房間裡的昆蟲，但是到了要寄信時，卻怎麼也找不到那封信。他想，信紙可能是被那隻飢腸轆轆的昆蟲吞進肚子裡了。

只有珍順利地寫完信，她原本想告訴母親有關沙仙的事，卻忘了牠的名字是什麼，導致她無法將事情好好講清楚。以下是信的內容：

我最親愛的媽媽：

那天我們到砂石坑去時，發現了一個……

過了半小時，珍想起沙仙的原名是「沙米亞德」，可是其他孩子雖然翻了字典，卻沒有查到任何資料，珍也就無法順利拼寫出來。大家焦急地催促珍，她只好匆忙結束她的信：

我們找到了一個「奇怪的東西」。因為寄信的時間到了，所以我只能暫時寫到這裡。

您的小女兒　珍

附記：如果您可以實現一個願望，您想要什麼呢？

就在這時，他們聽到了郵差吹號角收信的聲音，羅伯特趕緊冒雨衝出去，將安西婭和珍的信交給郵差。

第二天，理查舅舅來了，他帶著四個孩子乘坐馬車到美德茲頓去。理查舅舅是全世界最好的舅舅，他在美德茲頓為孩子們買了許多玩具，而且是讓他們盡情挑選自己想要的商品。

羅伯特看了又看，最後挑了一盒東西，盒子上面畫著人頭飛牛和鷹頭飛人。他以為裡面的東西會和圖片一樣是一些動物，等到回家一看，卻是關於尼尼微的智力玩具！希瑞爾挑了帥氣的模型車，兩個小女孩都挑了漂亮的洋娃娃和精美的瓷器茶具，準備一起玩扮家家酒。

之後，理查舅舅帶他們坐船遊麥德威河，還去了一家氣氛良好的糕餅店吃茶點。等他們回到家時，天色早已黑了，孩子們也就來不及去提出願望了。

理查舅舅到訪的第二天，天氣非常炎熱。安西婭五點鐘就悄悄起床，她拎著鞋子慢慢地走下樓，然後打開飯廳的窗戶爬了出去。她的心臟跳得飛快，因為她正要執行一個私人計畫。她無法肯定這是一個好計畫，但她明白就算把這件事情告訴大家也沒有多大的意義，因此還是獨自完成比較好。

她穿好鞋子之後，立刻跑到砂石坑，找到他們之前做的記號，然後將氣呼呼的沙仙挖了出來。

「太過分了！」沙仙生氣地大叫，渾身的毛因為寒冷而豎了起來：「清晨的天氣實在太冷了！」

「我很抱歉。」安西婭溫柔地說，接著她脫下身上的白圍裙披在沙仙身上，只露出牠的腦袋、蝙蝠耳朵和蝸牛眼睛。

「謝謝你。」牠說：「這樣好多了，今天的願望是什麼？」

安西婭回答：「我不知道，我就是為了這件事來的。你瞧，我們的願望到目前為止都帶來了許多災難，所以我想和你商量看看。不過，你可以在我們吃早餐前不實現任何願望嗎？如果說話的時候提心吊膽，害怕脫口說出不是真正想要的願望，那實在是太難受了！」

「你是說，你會說出不是你所希望的東西？」沙仙疑惑地問。

「沒錯，我實在很希望……」

「小心！」沙仙大聲警告，身體正準備膨脹起來。

「噢，請你不要給我任何東西，等其他人都來到這裡，你再實現我們的願望吧！」安西婭連忙說。

「好吧！」沙仙打著哆嗦，寬容地說。

「你願意過來坐在我的膝蓋上嗎？這樣你會暖和一些。」安西婭好心地問：「我可以用我的裙襬裹著你，我會十分小心的。」

安西婭一點也不敢想牠會願意，沒想到牠真的照她的話做了。

「謝謝你，你的確想得十分周到。」沙仙爬上她的膝蓋，蜷伏下來，

安西婭用手溫柔地摸著牠。

「現在你可以開始說了。」沙仙滿足地說。

「是這樣的，因為我們提出的願望都帶來悲慘的結果，所以我希望你能給我們一個忠告。」

「孩子，」沙仙睡眼惺忪地對她說：「我能給你唯一的忠告就是：仔細思考過後再許願。」

「請問……想要有翅膀是一個很愚蠢的願望嗎？」

「翅膀？」牠說：「我還以為你會提出更糟糕的願望呢！不過你得小心，太陽快下山前不要飛得太高，免得日落後跌得粉身碎骨。」

「對了，為什麼我們現在希望的東西不再變成石頭了呢？為什麼它們只是消失不見而已？」安西婭疑惑地問。

「Autres temps, autres mœurs!」沙仙說。

「那是什麼意思？」安西婭問。

沙仙繼續說著：「在以前，人們只希望得到實實在在的物品，例如翼手龍、大地懶等，牠們能夠輕易地變成石頭；但是如今人們希望的是虛無縹緲的東西，我們怎麼可能把『漂亮得讓熟人認不出來、人見人愛』變成石頭呢？可是一種魔法又不能有兩條規定，因此變出來的東西乾脆就消失了。唉呀，我實在太睏了，再見！」

牠從安西婭的膝蓋上跳下來，拚命挖沙，一下子就不見了。

安西婭趕回家吃早餐，恰巧撞見羅伯特正悄悄把糖漿潑在小寶寶的衣服上，以分散瑪莎的注意力，這樣其他人就可以撇下小寶寶，溜到砂石坑了。

大夥兒急急忙忙溜到小路上，喘得上氣不接下氣。這時，安西婭對大家說：「我有個提議，就是我們輪流提出願望，但不能提出其他人認為是不好的心願。大家覺得如何？」

「那麼，誰要提出第一個願望呢？」羅伯特小心地問。

「如果你們沒意見，我想先提。」安西婭抱歉地說：「我已經決定好了，我想要翅膀。」

接下來是一陣沉默，其他孩子想盡辦法要反對，但是「翅膀」這個單字已經在每個人的心中引起了騷動和興奮。

最後，希瑞爾大方地說：「還不錯！」

羅伯特和珍也紛紛讚美這個願望，於是大家來到砂石坑，找到沙仙。

「我希望我們大家都有用來飛行的翅膀。」安西婭說。

沙仙馬上鼓脹起來，轉眼間每個孩子都有一種奇怪的感覺，一下子覺得沉甸甸，一下子又覺得輕飄飄。沙仙歪著腦袋，用蝸牛眼睛注視著這幾個孩子。

「還不錯！不過說真的，羅伯特，你現在的模樣簡直就像個天使。」沙仙這麼說，讓羅伯特的臉都紅了。

這些孩子的翅膀很大，而且十分美麗動人。它們既柔軟又光滑，每根羽毛都相當平順，而這些羽毛的顏色鮮豔、五彩繽紛、變幻無窮，彷彿彩虹。

「但是我們能飛嗎？」珍說著，慌張地一下用這隻腳站著，一下又換成另一隻腳站著。

「小心！」希瑞爾大叫：「你碰到我的翅膀了！」

這時，羅伯特已經張開他的翅膀，緩緩地飄了起來。其他孩子見狀，也紛紛模仿他的樣子飛上天空。由於他們的翅膀張開時非常寬大，因此他們必須保持距離飛行，免得相互碰撞。

四個孩子拍動著彩虹色的翅膀，翱翔在綠色大地和藍色天空之間。他們飛過洛契斯特，然後轉過來飛向美德茲頓。很快地，他們都覺得肚子餓了，於是降落在一座教堂的塔樓屋頂上，好好休息一番。

「如果我們再不吃點東西，就沒有辦法一路飛回家了。」羅伯特斬釘截鐵地對大家說。

「我剛才透過牧師家的廚房窗戶，看見裡面有些食物。雖然窗子十分高，但是我們有翅膀！」希瑞爾說。

「你多麼聰明啊！」珍開心地說。

「這樣做不對！」安西婭大聲反對。

「那麼你有更好的辦法嗎？」希瑞爾生氣地問。

「嗯……不然大家把身上的錢湊起來放在廚房，作為支付食物的錢吧！」安西婭建議，因為她實在不想白吃白喝。

大家一致同意後，謹慎地翻出口袋，總共湊了五先令七便士，但是希瑞爾覺得餐費這樣太多了，於是決定支付二先令六便士。

安西婭的口袋裡碰巧帶著上學期的考卷，她立刻撕掉自己的名字和校名，然後在考卷背面寫著：

親愛的牧師：

由於飛了一天，我們實在太餓了，所以只好向您「購買」廚房裡的食物。我們只拿為了活命而需要的東西，不拿布丁或餡餅，這樣您就可以明白我們並不是專門偷東西的竊賊。

這裡放上二先令六便士，以表示我們的誠心和謝意。

謝謝您的好心腸。

我們四人　敬上

安西婭把錢包在這封信裡，並相信只要牧師讀了信，一定能夠原諒他們所做的一切。

「好，現在所有人仔細聽我的命令。我從窗戶飛進廚房把食物遞出來，羅伯特和安西婭負責從窗口接住。珍，你擔任把風的工作，只要一看見其他人，就立刻吹口哨。好了，我們準備出發吧！」

所有人都依照希瑞爾的計畫執行任務，過程十分順利。四個孩子從牧師家的廚房拿了一塊牛肉、一隻雞、一個麵包和一瓶汽水，他們完全不知道只花二先令六便士根本買不了這些東西。

大家把食物帶上塔樓屋頂，準備大快朵頤一番。這時，希瑞爾從口袋裡拿出一張餐巾紙，這也是從牧師家的廚房「買」來的。

當他把餐巾紙攤開時，安西婭激動地說：「我不認為這是我們現在迫切需要的東西，還是把它還回去吧！」

「我們得把食物放在餐巾紙上切開啊！」希瑞爾冷靜地解釋：「如果沒有用乾淨的東西承裝食物，我們吃下去後會生病的。」

安西婭聽完後也覺得十分有理，便不再多說什麼了。

孩子們吃到香噴噴的午餐，個個都開心得合不攏嘴。

大家吃飽喝足後，腦袋很快地就變得昏昏沉沉，尤其是安西婭，她今天為了和沙仙溝通特別早起呢！他們忍不

住躺下來，在溫暖的大翅膀底下睡著了。

此刻，太陽正緩緩西下，沒過多久，整個大地就籠罩在一片漆黑的夜色中。四個孩子因為沒有溫暖翅膀的覆蓋而紛紛被冷醒，他們愣愣地坐在原地，完全不知道該怎麼辦才好。

這時候，希瑞爾指著空空如也的汽水瓶，說：「我們最好趕快溜下去把它丟掉，否則被人發現就糟糕了。」

塔樓頂端有一個小閣樓，那裡有一扇門。他們在吃東西時就已經注意到它，不過並沒有去查看，因為當一個人有翅膀可以去探索整個天空的時候，門當然就變得無關緊要了。

現在，他們轉身走向那扇門。

「這裡一定可以通往樓下。」希瑞爾說。

他說的一點也沒錯，只可惜門從裡面鎖上了。天色愈來愈黑，孩子們距離溫暖的家仍舊十分遙遠，再加上那罐可做為他們行竊證據的汽水瓶，這些使得珍無助地哭了起來。

安西婭用手臂摟住珍，溫柔地安慰她：「我們最多就在這裡過一夜，等到了早上，我們就可以用手帕發信號求救了。」

「找到我們的人也會發現那罐汽水瓶。」希瑞爾沉著臉說：「然後我們就會因為偷東西被送進監獄裡。」

「不然我們把它扔到下面的樹叢裡吧，這樣就不會有人發現了！」羅伯特開心地建議。

「哼，要是不小心打中了誰的腦袋，我們就會再增加一條罪名了。」希瑞爾不耐煩地反駁。

珍聽了兩位哥哥的談話後，忍不住再次哇哇大哭。安西婭見狀，連忙柔聲安撫，沒想到羅伯特卻說：「讓她哭吧！說不定有人會因為聽到她的哭聲而跑來救我們，並且看到那個汽水瓶。」

「羅伯特，講話不要那麼刻薄！」安西婭生氣地說完後，轉頭鼓勵珍：「堅強起來，和我們一起度過難關吧！」

珍一邊啜泣，一邊點點頭。

接著，希瑞爾緩緩開口：「聽我說，我們必須把那個汽水瓶藏起來。我打算把它放進我的上衣裡，然後你們擋在我的前方，這樣或許別人就不會注意到了。你們看，牧師的家裡還有燈光，代表屋內有人醒著，我們只要大聲喊叫，肯定會引起他們的注意。」

大家覺得希瑞爾說得十分有道理，於是扯開嗓子大吼大叫，結果把牧師家裡的女僕嚇暈了。四個孩子見沒有人從屋內走出來，只好叫喊得更大聲，這次牧師也聽到了。他以為某個地方發生了凶殺案，立刻帶著棍子和男僕安德魯，急急忙忙往聲音所在的位置前進。

兩人走了一會兒後，發現喊叫聲不見了，於是安德魯連忙大喊：「喂！你們在哪裡？」

「在教堂塔樓的屋頂上！」希瑞爾大喊。

安德魯和牧師聽見後，立刻飛奔到教堂。

這時，安德魯朝上面大聲說：「快下來吧！」

「沒辦法，門鎖上了！」孩子們七嘴八舌地說。

於是安德魯一隻手提著燈，一隻手拿著槍，勇敢地走在前頭，並請牧師緊緊跟在他的身後，以防被人突襲。他們沿著螺旋狀的樓梯繞啊繞，終於抵達閣樓。安德魯緊張地來到小門旁，大喊：「喂，外面的人！」

孩子們在門外互相推擠，瑟瑟發抖。由於剛才喊叫得太過賣力，大家的嗓子都啞了，但希瑞爾還是勉強地回答：「喂，裡面的人！」

「你們是怎麼上來的？」

希瑞爾知道對方絕對不可能會相信他們是飛上來的，於是說：「我們從樓梯走上來，可是要下去時，卻發現門被鎖上了。請您幫幫我們吧！」

「你們總共有幾個人？」安德魯問。

「四個。」希瑞爾回答。

「我手裡有槍，所以你們最好別想耍花樣！」安德魯大聲說：「如果我們把門打開，你們保證會乖乖地走下樓嗎？」

「我們保證！」

安德魯對牧師使了個眼色後，立刻打開了門。當他們看到外面的人竟然是一群孩子時，都感到大吃一驚。

牧師走向前，嚴肅地問：「你們為什麼跑到這裡來？」

「噢，請先把我們帶下去吧！」珍一手拉著牧師的袍子，哀求道：「雖然您不會相信我們說的話，但我們會告訴您事情的經過。」

其他孩子也圍住牧師，並提出同樣的請求，只有希瑞爾站在燈光外，盡力不讓汽水瓶從衣服裡滑出來。

於是，孩子們在安德魯和牧師的幫助下摸黑走出教堂。可是希瑞爾為了不讓大人們發現贓物，只得自己走下去。半路上，汽水瓶不慎從衣服裡滑了出來，希瑞爾為了抓住它，差點害自己滾下樓。等到他們終於來到平坦的地面時，希瑞爾渾身顫抖，臉色相當慘白。

最後，大夥兒全都回到了牧師的家裡，心急如焚的牧師太太連忙出來迎接。這時，羅伯特對牧師夫婦說：「對不起，時間已經很晚了，請問你們能送我們回家嗎？」

「瑪莎一定急壞了，請幫幫我們吧！」安西婭也焦急地說。

驚魂未定的牧師想弄清楚事情的始末，於是問：「你們怎麼會被關在教堂塔樓的屋頂上呢？」

羅伯特緩緩地回答：「我們上去後，因為太過疲倦，所以就全都睡著了。等我們醒來時，發現門鎖上了，只好拚命大叫。」

「可是，門是被誰鎖上的呢？」

「我不知道。」羅伯特回答，而這的確是事實。

正當牧師準備將孩子們送回家時，安德魯突然指著希瑞爾說：「你的衣服裡藏了什麼？」

希瑞爾見事跡敗露，索性站起來，拿出了汽水瓶。一陣沉默後，希瑞爾緩緩開口：「沒錯，我們從你們的廚房拿了這個，還有一隻雞、牛肉和麵包，並留下了一些錢和一封信。我們真的感到非常抱歉，請你們不要送我們去坐牢！」

「你們怎麼能攀上廚房的窗戶呢？」牧師太太不解地問。

「這我不能告訴您。」希瑞爾堅決地說。

「你說的都是事實嗎？」牧師問。

「當然是真的。」珍突然回答：「不過這只是事情的一小部分，我們不能再透露更多了。請原諒我們，並送我們回家吧！」

安德魯小聲地對牧師說：「我想，他們應該是在掩護另一個同夥。這些勇敢的小傢伙，他們為了遵守和那個人的約定，所以才不敢全盤托出。」

「告訴我，」牧師和氣地問：「你們是在包庇什麼人嗎？是有人或有什麼事和這有關嗎？」

安西婭想起了沙仙，於是說：「是的，但這也不能怪牠。」

牧師聽完後，打算不再追究這件事，並請孩子們吃完蛋糕後再離開。等小傢伙們吃飽喝足後，安德魯便駕著馬車護送他們回家。當馬車來到四個孩子的家門前時，他們已經累得昏昏欲睡了。

孩子們在一陣責備聲中被趕上床，安德魯則將事情的原委告訴瑪莎，並為四個孩子求情，因此到了隔天，瑪莎似乎顯得沒那麼生氣了。

不過即便如此，她仍舊懲罰所有人不准到外面玩，只有羅伯特能夠出去半小時，購買其他孩子想要的東西。

【知識小寶典】

※"Autres temps, autres mœurs!" 為法國諺語，說明不同的時代，有不同的風俗。

第五章　城堡歷險

羅伯特一出門，立刻跑到沙坑，想為大家許願。

他很快就找到了沙仙，因為這一天太熱，所以牠自己爬出了砂石坑，坐在地面上活絡筋骨、整理鬍鬚，一對蝸牛眼睛骨碌碌地轉來轉去。

沙仙一看到羅伯特，立刻大喊：「喂，我一直在找你們呢！其他孩子到哪裡去了？我希望他們沒有因為那些翅膀而受傷。」

「唉，那些翅膀和其他願望一樣，為我們帶來了不少麻煩。」羅伯特沒好氣地說：「大家因為這件事被關在家裡，只有我能出來半小時，因此，請讓我盡快把願望說出來吧！」

「沒問題，你快說吧！」沙仙一派輕鬆地說。

可是，羅伯特在來的路上思考了太多事情，所以已經想不起來自己究竟要許

什麼願望了。

「時間有限，你最好趕快提出你的願望。」沙仙催促。

「我知道……」羅伯特焦急地說：「可是我實在想不到該祈求什麼。我倒希望他們其中一個人能夠不需要來到這裡，就可以實現自己的心願。噢，這不是我想提出的……」

但是來不及了。沙仙已經脹大了三倍，現在又像一個戳破的氣球那樣洩了氣地躺在地上，作法後的牠總是十分虛弱。

「好了！」牠無力地說：「雖然很不容易，但是我做到了。你趕快回家去，看看發生了什麼事吧！」

羅伯特突然感到有點不安，他飛快地跑著，心裡暗自祈禱他們不要提出什麼愚蠢的願望。當他快抵達目的地時，腳步卻慢了下來，因為屋子前的花園圍籬不見了，而原來是房子的地方竟出現了一座城堡！毫無疑問，他們當中一定有人希望住在城堡裡。

羅伯特眼前的建築物十分高大而宏偉，周圍還有八座大塔樓，而曾是花園的地方出現了一個個彷佛蘑菇的白色東西。羅伯特慢慢地走近一看，才發現那些原來是營帳，一群身穿盔甲的人正穿梭在其中。

「天啊！」羅伯特激動地說：「他們居然想要一座被敵人團團包圍的城堡，真是太荒唐了！」

羅伯特直勾勾地瞪著那座城堡，忽然看見有人正在揮動一條髒兮兮的手帕，他馬上就認出那是安西婭的物品，於是立刻朝它揮了揮手，沒想到卻被圍城的軍隊逮個正著，兩名頭戴鐵盔的士兵朝他走了過來。

「喂，小朋友，你到這裡來做什麼？」

原本正擔心該如何和中古世紀士兵溝通的羅伯特，一聽到他們居然說著現代話，立刻高興地回答：「我想要回家。」

「你家住在哪裡？」

「那邊。」羅伯特指著城堡說。

「哈！你終於承認自己是奸細了吧！」其中一位士兵說：「跟我來，小鬼。這件事得由我們的將軍來決定。」

羅伯特就這樣被帶到了將軍的面前。這位將軍是他見過的人之中最神氣的，他身穿鎧甲、頭戴鐵盔、騎乘駿馬、手拿寶劍和盾牌，簡直就和歷史課本上的圖片一模一樣。

將軍聽完那兩位士兵的報告後，立刻大喊：「過來，小子！」

他脫下頭盔，露出慈祥的臉孔和一頭長長的金髮。

接著，他溫和地對羅伯特說：「不必害怕，我們不會傷害你的。現在，告訴我你來自哪裡？為了什麼而來？」

這時，羅伯特有一個瘋狂的想法，既然這位將軍是由魔法變出來的，說不定他會比瑪莎、吉普賽人、洛契斯特的警察和昨天那位牧師更容易接受有關沙仙的事情。

於是，他大膽地開口：「敬愛的騎士閣下，承蒙您的好意。事情的經過大概就是：我的父母出遠門了，我和兄弟姐妹閒得發慌，便跑到砂石坑玩耍，不料竟在那裡找到了一位沙仙。」

「沙仙？」將軍好奇地問。

「對，牠說自己每天都可以實現我們提出的一個願望……」羅伯特開始滔滔不絕地訴說這幾天的奇幻經歷，但是將軍的眉頭深鎖，似乎將羅伯特的話視為無稽之談。

過了一會兒，將軍疑惑地問：「所以牠是個會法術的巫師？」

「沒錯！」羅伯特點點頭。

「你是說，現在我們圍城的情景全都是沙仙變出來的？」將軍不可置信地大喊：「不過你要知道，我帶領軍隊取得勝利，從不需要仰賴巫師的協助！」

「我知道！」羅伯特趕緊有禮貌地說：「一切都要怪我和我的兄弟姐妹，如果沒有我們，今天就不會發生這些事情了。」

「這是什麼意思？」

「噢，您當然聽不懂！您之所以會出現在這裡，是因為其他孩子想要一座被敵人包圍的城堡！」羅伯特拚命地向他解釋：「等到太陽下山，你們就會消失不見了。」

將軍和士兵交換了一下眼色，然後嚴肅地說：「這小子只是在裝瘋賣傻，趕快將他囚禁起來！」

「將軍，您應該為自己的行為感到可恥！」羅伯特氣急敗壞地說：「因為您居然打算扣留一個手無寸鐵的孩童！」

「你竟敢如此撒野！」將軍怒不可遏地大喊，不過愛面子的他似乎也認為這麼做不大光彩，於是恢復冷靜地說：「你自由了，現在你愛去哪裡就去哪裡吧！不過，我的手下傑金必須一同隨行。」

羅伯特開心地向將軍行禮後，立刻奔向砂石坑，將沙仙挖了出來，請牠再滿

足另一個願望。傑金快步跟在羅伯特的後面，當他看見那個奇怪的生物居然會說話時，嚇得目瞪口呆。

「不是說好一天只實現一個願望嗎？」沙仙抱怨。

「求求你，請答應我吧！」羅伯特苦苦哀求。

「好吧，你的願望是什麼？」沙仙不高興地問。

再次得到機會的

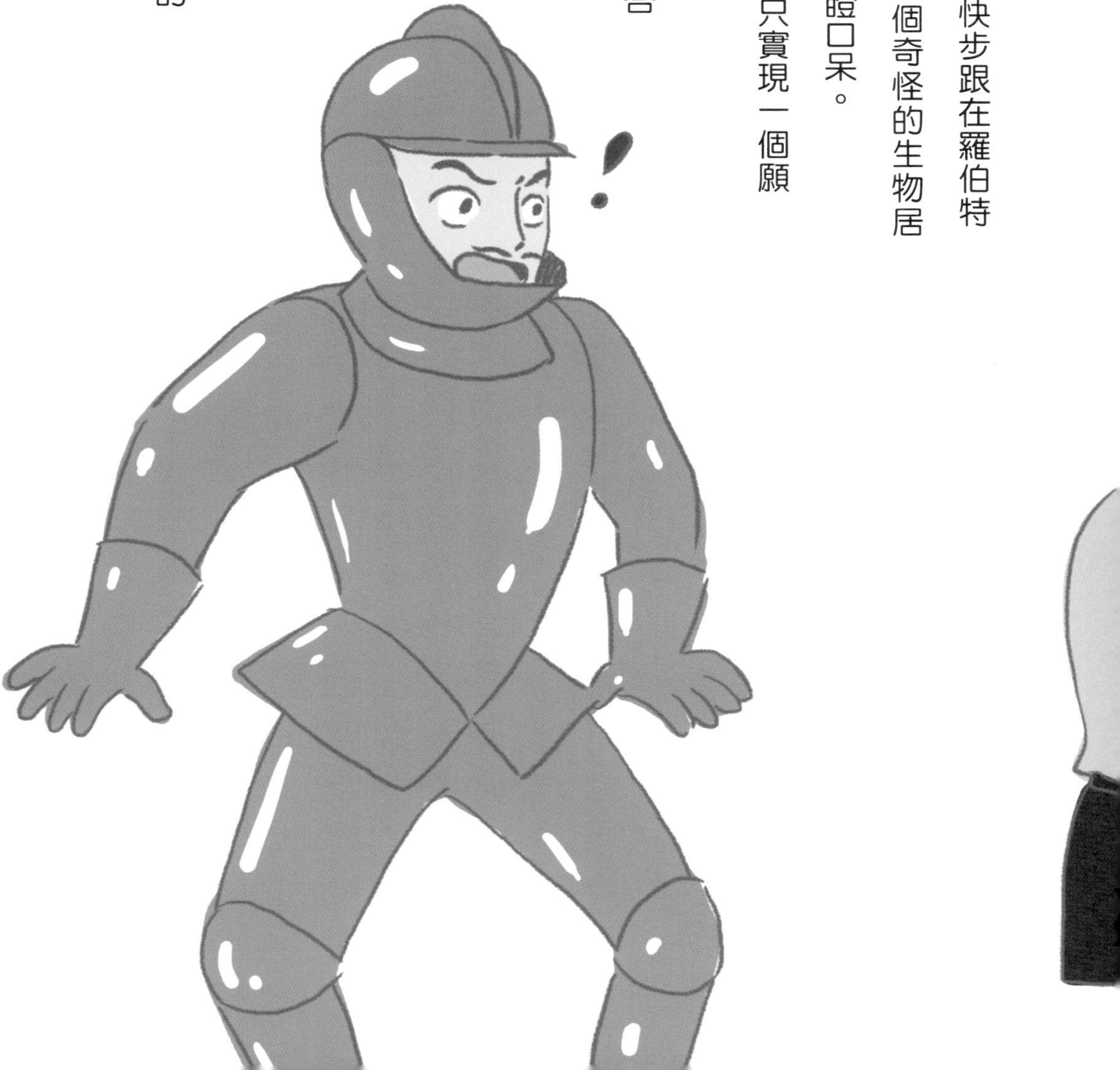

羅伯特居然忘了請沙仙把一切回復原狀，反而說：「我希望能夠和其他孩子待在一起。」

於是，沙仙的身體開始鼓了起來。接著，羅伯特失去了知覺，等到他睜開眼睛時，其他孩子正圍在他的身邊。

「我們根本沒聽到你進來！」他們說：「你祈求沙仙讓我們的願望成真，真是太棒了！」

「一點都不好！」羅伯特生氣地說：「你們差點害死我了！」

他滔滔不絕地開始訴說自己的遭遇，其他孩子也承認，這對羅伯特實在有點過分。不過他們聽完事情的經過後，紛紛讚美他既勇敢又聰明，使得羅伯特的心情很快又好了起來，並答應擔任守衛城堡的指揮官。

「我們想用舅舅送你的弓箭來射他們，但大家覺得應該由你第一個射，所以什麼事都還沒做。」安西婭安慰他。

「我想我不會主動出擊。」羅伯特謹慎地說：「你們不了解他們的情況，他們有真正的武器能夠傷害我們！我認為只要他們不攻打過來，我們也最好別先去挑釁對方。我聽將軍的手下說，他們在太陽下山之前不會發動攻擊，所以我們有充足的時間進行防禦。對了，城堡裡有其他守軍嗎？」

「不知道。」希瑞爾回答：「我一說出希望我們是在一座被圍困的城堡裡，周圍頓時就變得天翻地覆，等到恢復平靜後，我們往窗外一看，就看到營帳、騎士和你。現在你回來了，大家就可以一起探索這棟建築物了。」

孩子們仔仔細細地搜索一番後，來到一個鋪了石板的庭院，而站在院子中央的人居然是瑪莎，她的右手懸空移動著，廚娘則彎著腰擺動她的雙手，兩人的模樣相當古怪。不過最怪異的非小寶寶莫屬，他竟然離地三英尺懸空坐著，屁股下面空空如也，他正開心地哈哈大笑。

安西婭見狀，立刻朝小寶寶跑去，張開手臂準備抱住他。沒想到，瑪莎生氣地說：「別碰他，免得等下他哭鬧起來，我又無法做事了！」

「小寶寶在做什麼啊？」安西婭不解地問。

「你沒看見嗎？他就坐在椅子上看著我燙衣服啊！你趕快離開這裡吧，別妨礙我做家事。」

安西婭朝廚娘走去，發現她彷彿在用一根看不見的撥火棒戳弄隱形的火，再把一個看不見的盆子放進隱形的烤箱裡。

「你先離開這裡吧！」她不耐煩地說：「如果你繼續打擾我，午餐就來不及做好了。」

「你確定小寶寶沒事嗎？」珍擔心地問她。

「只要你們不去打擾他，就什麼事也不會有。噢，要是你們今天這麼想要和他玩，那就把他帶走好了！」

孩子們一聽，立刻急急忙忙地溜走了。畢竟他們現在得費心守衛城堡，實在無暇顧及需要人照料的小寶寶。他們來到一個大房間，無助地坐了下來。

「剛才的景象好可怕，我覺得我們就像在精神病院裡。」珍顫抖著說。

一陣沉默籠罩在屋內。突然，希瑞爾坐直了身子，對大家說：「其實這件事沒什麼奇怪的，因為我們曾向沙仙祈求，讓家裡的女僕看不見牠變出來的魔法，因此她們才會看不見這座城堡。既然城堡和我們的房子在同一個地點，女僕當然會繼續在房子裡。照這個情況來看，城堡和房子不會混在一起，所以我們看到城堡就看不見房子……」

「噢，別再說了！」珍大叫：「我只希望能夠看到午餐，因為如果看不見，當然也就摸不著，如此一來我們根本無法吃到飯。我會知道規則，是因為我剛才試圖去摸小寶寶那張看不見的椅子，卻什麼也沒摸到！」

「不如我們到處去找一找，說不定能夠發現一點食物。」安西婭提議。

過了許久，大家卻連一塊小麵包也沒看見。

「如果你們當初希望被困在一個擁有充足食物和士兵的城堡裡就好了！」珍忍不住大聲責怪。

此時此刻，孩子們真想知道這幢隱形房子的飯廳究竟在什麼地方。突然，他們看見瑪莎端著一個看不見的托盤穿過庭院，於是立刻尾隨在後，這才發現原來飯廳就在城堡的宴會廳。

只見瑪莎似乎在切羊腿，然後用勺子舀蔬菜和花生。她離開飯廳後，四個孩子看了看空空如也的餐桌，無奈地面面相覷。

就在這時，希瑞爾摸了摸口袋，發現裡面有三塊餅乾，這些是廚娘在今天早上給他的。他一絲不苟地將餅乾平均分成四等分，然後發給其他人。飢腸轆轆的孩子一接過食物，立刻狼吞虎嚥地吃了起來。

過了一會兒，羅伯特不解地問：「為什麼我們看得見希瑞爾口袋裡的餅乾，飯廳裡的其他食物卻連摸也摸不著呢？」

「我不知道，」希瑞爾想了一下，說：「或許是因為餅乾是我們本來就有的食物。你們看，我們身上的東西全都沒有改變。」

「噢，看來我們是吃不到羊肉了！」羅伯特大叫。

「嗯……不過我想，如果我們把食物吃進嘴裡，它就會變成真的了。我好像知道該怎麼做了，我先試試看！」

希瑞爾一說完，立刻把臉靠近餐桌，嘴巴一張一合，像是在吃東西。起初，其他人都認為他餓昏頭了，直到後來看見希瑞爾的嘴巴上叼著一塊方形麵包，才相信他確實知道自己在做什麼。

接下來，所有人模仿希瑞爾的動作，拿起餐桌上看不見的食物，開心地送進嘴巴裡。說也奇怪，大家一把原本看不見也摸不著的東西放到嘴裡，就神奇地能夠感受到它的存在了。這次多虧了希瑞爾的機智，孩子們才能成功填飽肚子。現在，每個人

都覺得有勇氣去對付敵人了。

作為指揮官的羅伯特提議先爬上一座塔頂偵察敵情，於是大家連忙照做。他們現在清楚地看見城堡的四周，以及敵軍在護城河外搭起的營帳。當孩子們看到所有的士兵都在為進攻做準備時，背脊突然湧上了一股涼意。

「我們要怎麼守衛城堡呢？」安西婭問。

「我們應該要先武裝自己，等敵人進攻時再用武器攻擊他們。」

「爸爸曾說過，守城的人通常會在敵人靠得非常近時，從城牆向他們澆下滾燙的鉛汁，或許我們也可以這麼做！」安西婭說。

羅伯特讚美了安西婭的點子之後，便引領大家搜尋可用的武器。雖然他們確實找到不少具有殺傷力的裝備，但這些東西對孩子們來說實在是太重了，根本無法發揮功用。

「也許我們可以去院子裡撿些石塊作為武器。」希瑞爾說：「如果敵軍從護城河游過來，我們就用石塊砸他們。」

大家點頭贊成希瑞爾的主意，於是很快就在城門上的房間裡堆滿石塊，以及一大堆又長又銳利的匕首和刀子。

正當安西婭穿過庭院，準備繼續搬石頭時，腦袋裡突然浮現出一個好主意。安西婭走到瑪莎的面前，對她說：「我的手太髒了，可以請你把下午茶的餅乾放進我的口袋裡嗎？其他人的份也順便裝進去吧，我會一起發給他們。」

瑪莎聽了，便抓起四把空氣放進安西婭的口袋裡，而空氣瞬間變成了餅乾。如此一來，孩子們就擁有足以支撐到太陽下山的糧食了。

接著，大家又合力搬了幾鍋涼水，準備用來代替滾燙的鉛汁。

下午過得飛快，而且令人非常興奮。除了羅伯特之外，其他人都覺得這整件事一半是假想的遊戲，一半是極其逼真卻又絕對安全的夢。

到了下午茶時間，他們從庭院的深井裡打水，用獸角杯一邊喝水，一邊吃著餅乾。希瑞爾堅決要留下幾塊餅乾，讓在激戰中流失體力的人能夠補充養分。正當他把儲備的餅乾放進一個沒有門的小石櫃時，外面突然響起了一陣響亮又激昂的號角聲。

「天啊，他們準備進攻了！」羅伯特大叫。

所有孩子立刻衝向窄窗，看見敵軍正像螞蟻一樣移動著。

一名號手走到護城河旁邊，吹起了長長的號角。等到號角聲停止後，號手身邊的另一個人大叫：「喂，裡面的人！」

「喂，外面的人！」羅伯特不甘示弱地吼回去。

「你們願意向我方投降嗎？」

「絕不！」羅伯特堅定地大喊。

「那麼你們就是在自取滅亡！」

正當羅伯特準備指揮作戰時，一陣腳步聲從房間外的樓梯傳來。大家立刻屏住呼吸，誰也不敢輕舉妄動，只有羅伯特脫下鞋子，躡手躡腳地溜出去。他循著腳步聲往上走，來到一個房間，發現站在裡面的人正是傑金，他的身上還滴著護城河的水。羅伯特看見傑金正在操弄升降吊橋用的裝置，連忙砰地一聲關上門，將對方反鎖在房間內。

接著，羅伯特趕緊跑回去對其他孩子說：「我們得守住這裡！」就在這時，又有一個人游了過來，並把手搭在窗邊上。羅伯特見狀，馬上拿起一根鐵棍，大力地朝那些手指打下去，那人伴隨著一聲慘叫後跌入水裡。緊接著，羅伯特叫希瑞爾過來幫忙，一起從外面鎖住這個房間的門。

他們倆站在拱廊，喘著氣地看著彼此。突然，樓上傳來咯吱咯吱的震動聲，兩人站著的石板地彷彿在顫抖。接著，一聲嘩啦巨響響徹整座城堡，他們知道吊橋被放下去了。

這時候，吊橋上響聲四起，在馬蹄和軍隊的踐踏下發出空洞的回聲。羅伯特趕緊命令兄弟姐妹上樓去，朝敵人扔擲石塊。所有人都照著羅伯特的指揮去做，下面頓時響起一片吼叫聲和呻吟聲。

「太陽就快下山了，大家再堅持一會兒！」羅伯特大喊。

「你不認為我們還是投降比較好嗎？」珍說。

「絕不！」羅伯特說：「我們可以談判，但絕不投降！噢，我長大後一定要成為一位英勇的士兵！」

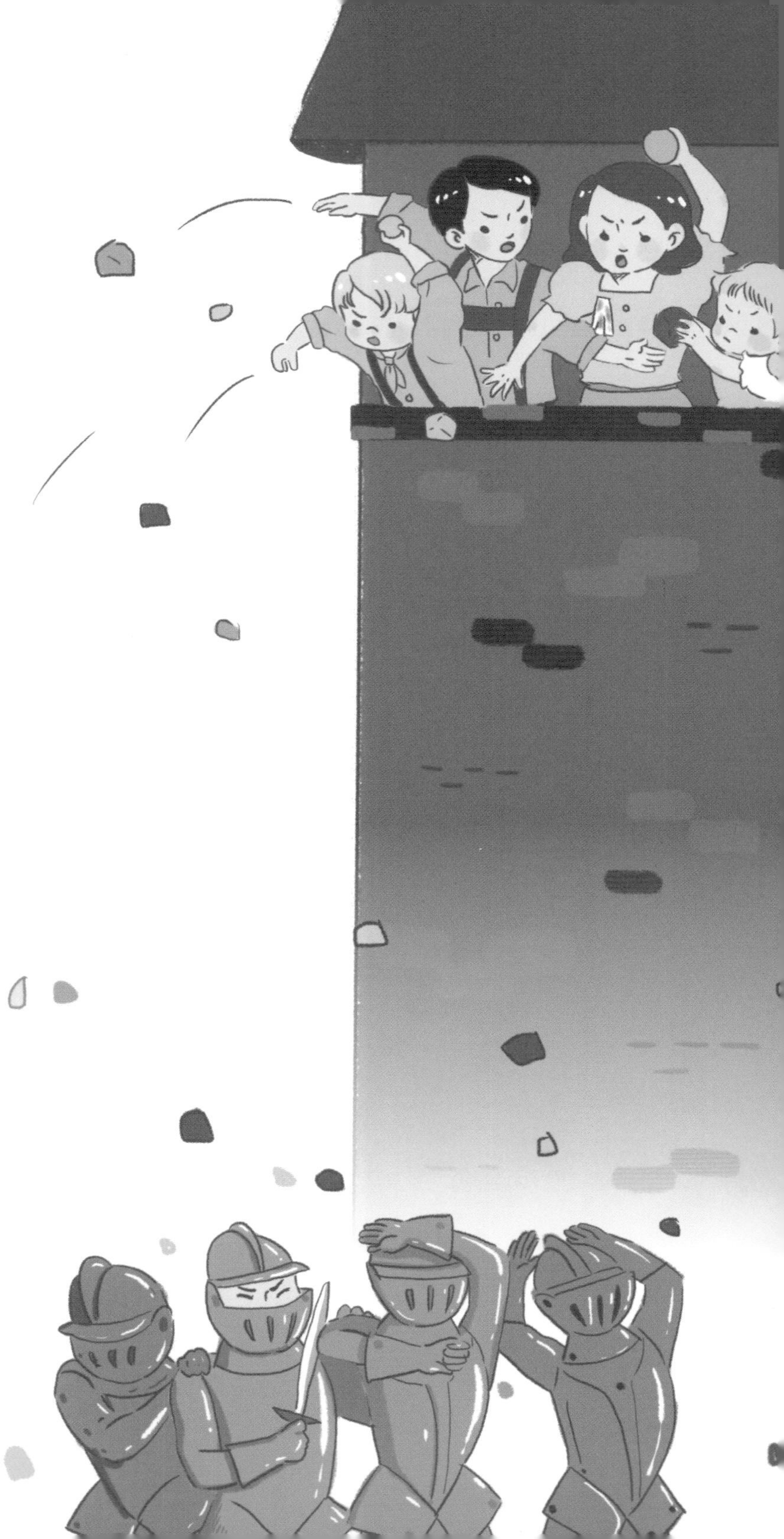

「那我們就揮動手帕，請求談判吧！」珍焦急地說。

「先給那些壞蛋澆點水吧！」好鬥的羅伯特說完後立刻拿起水壺，從窗台倒下去。

就在這個時候，攻城的撞擊聲、敵人的腳步聲、可怕的吆喝聲一下子全都停止了，彷彿一根蠟燭突然熄滅似的。孩子們所在的小房間開始旋轉了起來，等到一切恢復正常後，他們發現自己已經平安無事地待在家裡了。

四個孩子連忙探頭朝窗外看，護城河、營帳和軍隊全都消失得無影無蹤，只剩下開滿了許多鮮花的美麗花園。

大家全都鬆了一口氣。

「沒事了！」羅伯特開心地說：「我就說不用投降吧！」

「現在，你們還會對我提出這個願望感到不高興嗎？」希瑞爾問。

「不會。不過我想，我再也不會希望住在城堡裡了。」安西婭緩緩地說。

「噢，這真是太精采了！我一點也不害怕！」珍興奮地說。

希瑞爾聽了珍的話，想開口反駁，安西婭見狀，連忙說：「這是我們第一次沒有因為提出的願望而付出代價，我們應該好好慶祝一番！」

這時，房門忽然砰地一聲被打開了。

「你們該感到羞恥！」瑪莎說，孩子們聽聲音就知道她真的非常生氣：「你們非得每天都闖禍才高興嗎？要是有人站在大門前呼吸新鮮空氣，一定會被你們的洗手水倒的整頭都是！現在全都給我上床去，想辦法在明天早上起床時變得乖一點吧！快去，別讓我說第二遍！要是你們之中有人沒有在十分鐘內躺上床，我就讓你們知道誰的新帽子被潑溼了！」

瑪莎絲毫不理會孩子們的道歉，氣呼呼地走出去了。孩子們感到十分抱歉，但是用水澆圍城的士兵也是迫不得已啊！誰曉得城堡會一下子變回原樣，就只有水沒變，然後還落在某個人的乾淨帽子上。

「我不明白，為什麼水沒有消失？」希瑞爾問。

「它為什麼要消失？」羅伯特反問：「不管在哪個世界，水都還是水啊！」

「我猜，城堡的井就是花園的井。」珍說，的確是這麼一回事。

「唉，我們的心願果然又把自己害慘了。」希瑞爾說：「大家趕快上床睡覺吧！說不定瑪莎待會氣消了，會拿點心上來給我們吃呢！」

「晚安，但願城堡不會在夜裡悄悄跑出來。」珍說。

「當然不會。」安西婭說：「不過，我肯定瑪莎會在一分鐘內回來。好了，轉過去，我替你把圍裙上的結解開。」

「你想，要是那位威風凜凜的將軍知道他的手下們其實全都穿著圍裙，他會感到丟臉嗎？」珍如夢似幻地說。

「嗯……應該會吧。」安西婭思考了一會兒後，說：「別動，你把結弄得愈來愈緊了……」

第六章 巨人羅伯特

這天，大家都在後院。

希瑞爾在噴水池上平衡好身體後，開始向其他孩子發表演說：「朋友們、全國的男子們和婦女們，我們找到了一位能夠實現願望的沙仙。牠讓我們擁有翅膀和數不完的金幣，也使我們漂亮得讓熟人都認不出來。我們曾住在宏偉的城堡裡與敵軍奮戰，也曾為了人見人愛的小寶寶和吉普賽人打交道。不過，我們一無所獲。實際上，我們沒有得到任何值得提出那些願望的東西。」

「可是，我們的確經歷了一些事情。」羅伯特反駁。

「除非那些東西確實是我們想要的，否則都不算數。」希瑞爾堅決地說：「現在，我一直在想……」

接著，希瑞爾又繼續他的演說，羅伯特則在一旁搗亂。最後，不停被打斷的

希瑞爾終於忍不住和弟弟打了起來。安西婭連忙跳出來緩頰，兩兄弟這才心不甘情不願地和好。

「不然我們來玩強盜、城堡、士兵之類的遊戲吧！說不定能夠趁機想出今天要提出的願望。」希瑞爾提議。

大家一致同意後，便開始準備武器，接著朝砂石坑浩浩蕩蕩地出發了。雖然這是所有人都很喜歡的遊戲，但是因為每個人的心裡一直惦記著許願的事，自然愈玩愈提不起勁了。

這時，一位個子高大的麵包店夥計提著一籃麵包，沿著大路走來，對這群扮演強盜的孩子們而言，這是一個不容錯過的好機會。

「站住！」希瑞爾大叫。

「你要錢還是要命？」羅伯特凶巴巴地問。

兩個小強盜站在夥計身旁，不幸的是，對方似乎根本沒有玩遊戲的心情。他粗暴地將兩個孩子推開，於是羅伯特用珍的跳繩去套他，可是跳繩沒有像羅伯特原先打算的那樣套住他的肩膀，而是套住了他的雙腳，把他絆了一跤。

籃子打翻了，剛出爐的麵包滾落在地，女孩們見狀，趕緊將它們撿起來。另一方面，羅伯特和那位夥計打了起來。結果，羅伯特不堪一擊，被身材魁梧的夥計打得遍體鱗傷。希瑞爾正想去幫弟弟報仇，卻被哭得唏哩嘩啦的珍攔住，因為她怕希瑞爾也會挨打。

安西婭趕緊衝到羅伯特和麵包店夥計之間，抱住夥計的腰，懇求他不要再打她的弟弟了。她淚如雨下地說：「噢，請不要再傷害他了。他不是有意的，只是在跟你鬧著玩罷了，我想他一定覺得很抱歉。」

如果麵包店夥計講道理、有點騎士風度的話，他就會在聽了安西婭的求情後就此罷手。可惜，他是一個血氣方剛的小夥子。他粗暴地推開安西婭，一腳把羅伯特踢倒在地。

「下次再來教訓你這個小鬼！」他說完後，撿起麵包籃繼續上路。

孩子們立刻圍坐在羅伯特的身邊安慰他，氣氛簡直降到了冰點。

過了一會兒，羅伯特把他的腳趾和手指插到砂石坑裡，氣呼呼地說：「我一定會找他算帳，你們等著瞧！」

「是你先開頭的。」珍小聲地說。

「我知道！可是，我只不過是想和他玩玩，他竟然對我拳打腳踢。你看，我的腿都瘀青了！我真希望我的個子比他高大！」羅伯特忿忿地說。

他的手指在砂石坑裡亂挖，忽然碰到了一個毛茸茸的東西，原來是沙仙！當然，羅伯特的願望馬上就實現了。他的身高變得比麵包店夥計還要高大，目測看來至少有三公尺那麼高，幸虧他那身衣服也跟著變大，否則模樣就會變得相當滑稽了。

羅伯特剛才流出的淚水還留在他那張紅的巨臉上。雖然他現在看起來十分嚇人，但是這麼高大的巨人卻圍著一條小學生領巾，讓人忍不住想捧腹大笑。

「沙仙又在耍我們了。」希瑞爾說。

「牠是在耍我。」羅伯特沒好氣地說：「如果你有點同情心，你就會想辦法讓牠使你變得和我一樣高大。」

「我才不想變成這樣。你只要低頭看看自己，就知道現在的模樣有多麼愚蠢了。」希瑞爾還想繼續說下去，但安西婭打斷了他的話。

「不要這樣！」她說：「你們兩個今天是怎麼啦？希瑞爾，羅伯特一個人變成這樣已經夠可憐了，不要再那樣和他說話。讓我們請求沙仙再替我們實現一個願望吧！如果牠肯，我真希望我們大家的身材都變得和羅伯特一樣，這樣他就不會感到孤單了。」

其他人勉為其難地答應了安西婭的提議，可是當他們找到沙仙，並提出願望時，牠卻一口回絕了。

「我才不要！」牠生氣地一邊說，一邊用腳擦著臉：「他是一個野蠻好鬥的孩子，變成這副模樣或許對他有點好處。而且他為什麼要用濕漉漉的手挖砂呢？差一點就碰到我了！」

羅伯特剛才的手確實是濕的，因為他想擦掉臉上的眼淚。

「你們趕快離開吧，讓我獨自清靜一會兒！」沙仙繼續說：「我真不明白，你們為什麼就不能希望擁有一些比較明智的東西？」

牠說完後，氣呼呼地鑽進砂石坑了。孩子們見已經沒有商量的餘地，只好回到巨人羅伯特的身邊。

「我們該怎麼辦？」他們異口同聲地說。

「首先，我要去找那位麵包店夥計理論！」羅伯特沉著臉說。

「別欺負比你弱小的人啊！」希瑞爾說。

「哼，我只不過想給他一個教訓罷了！」羅伯特不屑地說完後，邁開大步朝剛才麵包店夥計離開的方向走去。

現在，他的一步大約有六、七英尺長，因此很快就來到了山腳下。他蹲在農場角落的一個乾草堆後面，一聽到夥計吹著口哨走過來，立刻跳出來抓住他的衣領。羅伯特把夥計拎起來，放到離地約五公尺高的乾草堆上，自己則在牛棚屋頂上坐下，然後滔滔不絕地怒斥對方。羅伯特把想說的話說完後，就跳下屋頂離開

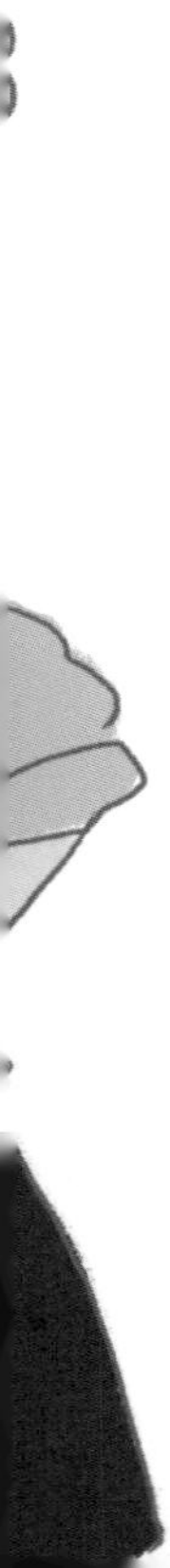

了，留夥計獨自待在原地。

當羅伯特回到家時，他發現所有的孩子都在花園裡。原來，安西婭非常體貼地請求瑪莎讓他們在外面吃午餐，因為若是和巨大的羅伯特擠在狹小的飯廳，大家肯定會難受得食不下嚥。不過，瑪莎擔心小寶寶會著涼，因此把他帶進室內用餐。

「這麼做確實比較好。」希瑞爾說：「否則小寶寶看到你那可怕的模樣，肯定會嚇得哭個不停。」

這時，瑪莎端出了午餐。由於在她的眼裡，羅伯特的模樣就和平時沒什麼不同，因此給他的分量自然和往常一樣。羅伯特抱怨吃不飽，但瑪莎似乎沒聽見。她神情匆忙，一副準備出門的樣子。其實，她是要和上次送孩子們回家的安德魯一起去逛市集。

「不如我們也去市集吧！」羅伯特高興地說。

「不行！以你現在的體型，肯定會引人側目。」希瑞爾反對。

就在這時，珍大叫了一聲，然後說：「我知道了！我們可以把羅伯特帶去市集展示，並向人們收錢，那麼就能夠從沙仙那裡得到有價值的東西了！」

除了羅伯特，大家都認為這是一個非常好的主意。不過，最後他也被安西婭說服了，因為她說他可以比其他人多拿一倍的錢。

馬車房裡有一輛舊的雙輪輕便小馬車，如果他們要盡快趕到市集去，這輛車看起來最理想。大家最後決定坐在車子裡，由羅伯特拉著他們前往市集，這對擁有巨人體型的羅伯特來說，簡直是輕而易舉。

當他們快要抵達目的地時，羅伯特躲進了一個穀倉，其他人則下車走進市集裡。那裡有

鞦韆、旋轉木馬、射擊場和椰子投擲攤。希瑞爾努力克制自己玩耍的慾望，直接走到一個女人面前。她的身後掛著一塊大帆布，帆布前面吊著一排玻璃瓶。女人正忙著替玩具槍裝子彈。

女人一看見希瑞爾，連忙招呼他來玩一場，不過希瑞爾冷靜地說：「不，謝謝你。我們是來做生意，不是來玩的。請問誰是這裡的老闆？」

女人指著一個穿著骯髒棉布外套、正在大樹下睡覺的胖男人，然後說：「就是他。不過我勸你不要去吵醒他，他的脾氣很壞，特別是在這種大熱天。」

「我們有很重要的事情！」希瑞爾說：「而且說不定他能夠發一筆大財。如果我們把那個東西帶走，我想他會後悔的。」

「是什麼東西？」女人半信半疑地問。

「一個巨人。」安西婭回答。

那女人不可置信地看著他們，顯然認為這是無稽之談，於是安西婭請她跟著他們到穀倉去看看。女人叫來一個小女孩，要她顧好射擊場，然後就匆匆跟著三個孩子離開了。

安西婭一邊走，一邊告訴女人：「他是一個巨人男孩，我們原本沒想到要帶他來市集，是後來不經意地發現人們都會一直盯著他看，所以才認為或許你們會願意展示他來賺錢。」

他們來到穀倉後，希瑞爾叫了一聲：「羅伯特！」

忽然間，蓬鬆的乾草一陣翻騰，羅伯特慢吞吞地出現了。等那女人終於看清巨人的模樣後，忍不住倒抽了一口氣，接著發出一聲刺耳的尖叫。

「你們有什麼條件？」女人興奮地說：「現在馬上敲定好了！我們會待他如國王，給他最好的食物和柔軟舒適的床。他一定是生病了，不然怎麼可能會任由你們這幾個孩子擺布呢？」

「他們什麼也不要。」羅伯特猶豫了一下，然後說：「如果你給我們十五先令，我今天就可以展示在大眾面前。」

「成交！」女人答應得如此乾脆讓羅伯特後悔不已，他希望自己當初開的價碼是三十先令。

「來吧，把身體縮小一點，我帶你去見見比爾！」女人開心地說。

可是，羅伯特就算竭盡全力蜷曲身體，他看起來還是十分巨大。他們躡手躡腳地前進，避免引起別人的注意。女人將羅伯特送進一個馬戲團帳篷後，立刻跑去叫醒比爾，也就是那位正在大樹下睡覺的胖男人。

看來比爾因為被人吵醒而不太高興，他氣呼呼地走進帳篷，可是當他一見到巨人羅伯特，立刻瞪大雙眼，呆站在原地。女人向他說明了事情的原委，比爾馬上掏出十五先令遞給羅伯特。

「等今天的節目結束後，我們再來定你的報酬。」比爾熱情地說：「現在，你能唱首歌或跳支舞嗎？」

「我現在什麼也不想做。」羅伯特一口回絕。

「好吧！」接著，比爾對女人大吼：「趕緊派人來把這裡打掃乾淨，然後掛上一條布簾！噢，可惜我們沒有適合他尺寸的緊身衣，不過我們在一星期之內會有的。年輕人，你真是走運了！我可以告訴你，你選擇到我們這裡來是你一生中最明智的決定！」

由於帳篷太小，羅伯特得彎腰坐在地上，並且低著頭才能看到其他人。他對比爾說：「我餓壞了，希望你能給我一點東西吃。」

比爾聽後，連忙對女人說：「快拿一些食物過來！」

於是女人匆匆跑到外面，拿了一些麵包和乳酪回到帳篷。雖然這些分量對巨人羅伯特來說根本不足以塞牙縫，但飢腸轆轆的他還是高興地狼吞虎嚥起來。趁羅伯特大快朵頤時，比爾悄悄派人守衛帳篷，萬一羅伯特打算帶著十五先令逃跑，就立刻發出警報。

一個非常奇妙的下午就此展開。

比爾是一個十分有生意頭腦的人，他很快就在羅伯特的帳篷前架設好舞台，然後站在上面大肆宣傳，講得口沫橫飛、天花亂墜。他告訴大家，巨人羅伯特是舊金山皇帝的長子，由於他和斐濟群島的一位女公爵墜入情網，因此被迫離開家鄉，前往英國避難。在這裡，不管那個人的個子有多麼高大，他都能夠擁有自由戀愛的權利。

最後比爾宣布，前二十位進帳篷參觀的客人，每人只收三便士。一位陪情人出來遊玩的年輕人第一個走上前，他溫柔地牽著女伴的手，緩緩走進帳篷。過了一會兒，那位姑娘在裡頭發出了一聲尖叫，而她的叫聲刺激了所有在帳篷外面的人。

比爾高興地拍著大腿，悄悄對女人說：「這真是最佳的宣傳了！」

不久，姑娘臉色慘白地走了出來，帳篷周圍擠滿了湊熱鬧的民眾。

「他長什麼樣子？」一個男人問。

「噢，真是可怕！」女孩心有餘悸地說：「他的身體幾乎占滿了整個帳篷，表

情十分嚴肅、恐怖，沒見過他的人實在太可惜了！」

其實，羅伯特只是為了營造可怕的氣氛，才故意憋笑的。然而不久之後，他就真的笑不出來了，因為觀眾實在是絡繹不絕，他得和每個想握手的人握手，並讓別人拍打自己，來使大家相信他的確是活生生的人。

其他孩子坐在外面的長凳上等著，實在無聊到了極點。他們一致認為這是最痛苦的賺錢方式，而且報酬居然只有十五先令！反觀，比爾的收入已經是這筆錢的四倍，因為巨人的消息迅速地被傳開來，所有上流社會人士都乘坐馬車，想親眼看看羅伯特的模樣。

最後，羅伯特終於忍不住把希瑞爾叫進帳篷，疲憊地說：「快去告訴比爾，我非休息不可了，而且我還要享用下午茶。」

不久，茶點就準備好了。同時，帳篷上還用別針別著一張紙，上面寫著：

巨人吃茶點，休息半小時。

孩子們趁著這時候召開緊急會議，商討羅伯特該如何脫身。希瑞爾、安西婭和珍認為羅伯特在太陽下山後恢復原狀，然後若無其事地從帳篷走出去就行了；可是，羅伯特卻擔心萬一比爾發現真相，可能不會輕易放過他們，於是建議得想辦法在日落時，讓帳篷周圍空無一人。

「我知道該怎麼做了！」希瑞爾很快地說。

他走到帳篷門口，看見比爾正好在外面抽菸，於是對他說：「巨人的茶點就快要吃完了，你馬上就可以再次開放讓民眾參觀。不過太陽下山時，你必須讓他獨自待在帳篷，周圍也不可以有任何人，因為每逢這個時刻，他就會變得非常古怪。如果他這時被人打擾，後果我可不負責。」

「為什麼？他會做出什麼事？」比爾焦急地問。

「我也不太清楚。」希瑞爾含糊地回答：「總之，他的模樣會變得完全不一樣，你肯定無法認出他來。我可以保證，這個時候要是誰出現在他的四周，肯定會受傷。當然，巨人不會傷害我們三個孩子。」

就這樣，距離太陽下山大約還有半小時的時候，帳篷重新關上了，上面還貼著一張字條：

巨人吃飯時間。

人們對巨人吃飯的模樣大感興趣，因此把帳篷圍得緊緊的。不過，比爾非常擔心希瑞爾所說的話，於是一邊好言安撫，一邊把大家趕往其他地方。

帳篷裡，四個孩子連忙商議撤退計畫。

「你們先回家。」希瑞爾對兩位女孩說：「我和羅伯特會想辦法逃出這裡。明天，我們再來拿那輛小馬車吧！」

於是，安西婭和珍先離開了。她們離去後，希瑞爾走向比爾。

「巨人說他想吃玉米。」希瑞爾說：「那邊的田地好像有一些，我待會就去採回來。對了，他還問你能不能把帳篷後面的布簾稍微捲起來，因為他想呼吸新鮮空氣。我會守著帳篷，不讓任何人偷看的。」

比爾不疑有他地照著希瑞爾所說的話去做，他把布簾捲起來，讓希瑞爾單獨和巨人待在一起。

太陽落下幾分鐘後，一個男孩走了出來。他經過比爾身邊時，說了一句「我去採玉米了！」然後就一溜煙地跑進人群裡。

同一時間，一個男孩從帳篷後面溜出去。他經過守衛在那裡的女人時，也同樣說了「我去採玉米了！」接著就跑得不見蹤影。

原來，從帳篷前面離開的人是希瑞爾，從後面溜走的則是恢復成正常大小的羅伯特。他們飛快地跑過田野，深怕被比爾捉回去。

這是一條非常漫長的路，而四個孩子也在第二天有了深刻的體會，因為他們得在沒有巨人的幫助下，賣力地將沉重的小馬車拉回家。

第七章 長大成人的小寶寶

這天，希瑞爾很早就起床了，他急急忙忙地穿好衣服，像安西婭上次那樣獨自前往砂石坑。他小心翼翼地挖出沙仙，並關心牠上次被羅伯特溼答答的手碰到的地方還會不會不舒服。這時候的沙仙心情不錯，因此也回答得很客氣。

「現在，我能為你做什麼呢？」牠說：「我想你那麼早就來到這裡，肯定是為了替自己提出願望吧？」

「不是這樣的。」希瑞爾謹慎地說：「其實我真正想說的是，難道你不能讓我們的願望在一想到時就實現嗎？這樣我們就不必跑到這裡來打擾你了。」

「那樣只會讓你得到不是你真正想要的東西，就像那座城堡。」沙仙一邊打呵欠，一邊說：「不過，就照你說的辦吧！再見！」

希瑞爾恭敬地道謝後，沙仙突然伸出牠的蝸牛眼睛，說：「我還要告訴你一

件事，那就是我已經對你們感到厭煩了！」

希瑞爾回到家後，被小寶寶弄得十分不悅，因為小寶寶趁他不注意時，拿走了他口袋裡的懷錶，而且還將錶蓋打開，把裡面的零件當作鏟子用，結果那支錶就這樣再也無法使用了。

不過他冷靜下來後，還是答應瑪莎帶小寶寶到樹林裡玩耍。途中，希瑞爾說服大家同意他的計畫：在真正想好願望之前，什麼話也不要亂說。

最後，大家在一顆栗樹下坐了下來。

「他正在長大呢！」安西婭說：「是不是啊，小寶貝？」

「我在長大。」小寶寶高興地說：「我長成大孩子了，會有槍、有老鼠……還有……」

這是他出生之後說過最長的一句話，所有人都聽得相當入迷，其中還包括希瑞爾。他讓小寶寶在苔蘚上打滾，發出快樂的尖叫。

就在這時，正在和希瑞爾開心打鬧的小寶寶伸出一隻穿著鞋子的小腳，踩向他哥哥的胸口。結果，竟不小心弄壞了爸爸心愛的掛錶，而且這支錶還是希瑞爾偷偷借來用的。

希瑞爾把小寶寶扔在草地上，生氣地說：「他究竟什麼時候才能懂事？我真希望他……」

「說話小心！」安西婭連忙大叫。

但是來不及了，因為希瑞爾已經脫口說出：「馬上就長大成人！」

沙仙當然信守了承諾。就這樣，在驚恐的哥哥、姐姐面前，小寶寶忽然長大了。這次的變形不像平時希望改變事物時那樣瞬間改變，而是從小寶寶的臉先開始產生變化。他的臉孔變得又大又瘦，額頭上出現皺紋，眼眶凹陷，眼珠的顏色變深，嘴唇變得又寬又薄。更可怕的是，兩撇黑色小鬍子居然出現在一個還穿著嬰兒服的小寶寶嘴唇上面！

大家趕緊在心裡祈求這件事不要發生，但是願望落空了。現在，他們的眼前站著一位身穿法蘭絨西裝、頭戴草帽的年輕人，他的嘴唇上有著兩撇黑色鬍子，

就和他們剛才在小寶寶臉上看到的一模一樣。換句話說，這個男人就是長大後的小寶寶！

長大成人的小寶寶溫文儒雅地走過苔蘚地，他將身體倚在樹幹，並拉下草帽蓋住眼睛，一副累得快要睡著的樣子。

其實，小寶寶原先就喜歡在奇怪的時間和令人意想不到的地方睡覺，難道這個身穿西裝、打著領帶的年輕人也有這個癖好嗎？又或者小寶寶的心智已經隨著他的身體長大了？

這就是孩子們急著要討論的問題，他們連忙跑到幾碼外的樹叢裡，召開緊急會議。

「不管是哪一種情況都很可怕！」安西婭驚魂未定地說：「如果他的內心也變得成熟，肯定會受不了我們的照顧；若是他的心智還停留在小寶寶的年紀，我們又該如何照料這麼大的寶寶呢？而且馬上就要吃午餐了……」

「不如我們把他喚醒，然後帶他去洛契斯特的糕餅店買東西吃吧！」羅伯特建議。

「我不認為這是個好主意，而且我想他應該也不會答應我們的提議。」希瑞爾反駁。

「唉，就讓我們先把他叫醒，看看會怎麼樣吧！」羅伯特無奈地說：「或許他會請我們吃午餐呢！」

他們用葉子抽籤，決定誰去喚醒那個年輕人，結果珍抽中了那個做上記號的籤。她溫柔地用一根小樹枝戳他的手，對方不耐煩地睜開眼睛，然後用疲倦的口吻說：「小傢伙，你們怎麼還在這裡？午餐時間都要過啦！」

「你要怎麼解決午餐？」珍問。

「火車站距離這裡有多遠？我打算到城裡的俱樂部吃飯。」小寶寶說。

這對四個孩子來說簡直就是天大的難題！無人照料的小寶寶若是獨自一人到俱樂部，再加上太陽又正好下山，那麼他就會變回想睡覺的孩子，然後可憐兮兮地坐在椅子上哇哇大哭。安西婭想到這個情景，忍不住潸然淚下。

「噢，親愛的小羊，你千萬不能那麼做！」她脫口大叫。

成年的小寶寶聽了之後，生氣地說：「親愛的安西婭，我告訴過你多少次，我的名字叫做希拉里！我的弟弟、妹妹啊，千萬別再叫我小羊了！」

現在，小寶寶竟然成為他們的哥哥了！不過，如果小寶寶已經長大成人而他們還沒有，那他的確是哥哥沒錯。

這幾個孩子因為沙仙實現了他們的願望，所以幾乎天天都在冒險，經歷了許多事後，他們現在都比實際年齡更加聰明了。

「親愛的希拉里，」安西婭說：「你知道爸爸不希望你去倫敦，他不會同意你拋下我們不管的。」

「喂，如果你是我們的哥哥，為什麼不帶我們去美德茲頓大吃一頓呢？」希瑞爾也說。

「這個提議很棒，」小寶寶有禮貌地說：「只是我想獨處一會兒。你們還是回家吃午餐吧！也許我會在你們享用下午茶之前趕回家。」

四個孩子苦惱地互相看著對方，心裡都想著：要是他們沒有和小寶寶一起回家，恐怕都會焦急得食不下嚥。

最後，珍忍不住脫口說出：「我們答應過媽媽，要是帶你出來玩，一定會好好看著你。」

「聽好了，」小寶寶把雙手插進口袋，低頭看著孩子們，說：「你們幾個必須學會不讓自己成為別人的包袱。現在，趕快回家去吧！如果你們聽話，說不定明天我會給你們每人一便士。」

希瑞爾用對哥兒們說話的口氣，對他說：「兄弟，你打算去哪裡？你可以讓我和羅伯特跟你一起去嘛！」

希瑞爾的舉動真是太英勇了，因為太陽一下山，小寶寶肯定會恢復原狀，而他居然不害怕和這樣的不定時炸彈一起出現在大庭廣眾的面前。

「我要騎自行車到美德茲頓，」小寶寶神氣地說：「所以我無法帶你們所有人一起去。你們還是乖乖回家吧！」

這時，安西婭偷偷從她的腰帶上，拿掉固定裙子和上衣用的別針，並將它塞給羅伯特，同時露出一個意味深長的微笑。

羅伯特立刻明白了安西婭的意思，於是飛快地溜到馬路，果然看見那裡有一輛嶄新的自行車。他趕緊用那跟別針在輪胎上刺了好幾個洞，裡面的空氣立刻從那些孔洞漏了出去。這時，小寶寶走了過來。

「你的自行車漏氣了！」羅伯特故作驚訝地說。

「你們看，輪胎被東西刺破了！」安西婭一邊說，一邊彎下腰，手裡還拿著一根事先準備好的荊棘。

小寶寶無奈地牽著自行車來到一戶人家請求幫助，結果他們不但好心地修補好輪胎上的破洞，還熱情地請大家吃茶點。正當孩子們準備說服小寶寶乾脆就在樹林裡度過這一天時，卻看見他突然整理起自己的領帶。原來，有一位漂亮的小姐正牽著自行車，迎面走過來。

「你們快點離開這裡！」小寶寶連忙說：「我不想讓她看見我和一群骯髒的小鬼待在一起！」

四個孩子確實髒兮兮的，不過那是因為今天早上，還是嬰兒的小寶寶把一堆泥土撒在他們身上的緣故。

長大後的小寶寶說話簡直就像是個小霸王，大家不想與他起爭執，只好趕緊躲到花園的小屋後方，讓他獨自去見那位小姐。

這戶人家的女主人走出來，和那位小姐談話。當小姐經過小寶寶的時候，小寶寶舉起草帽向她致意。四個孩子探出頭來豎耳傾聽，他們聽到小寶寶用裝腔作勢的口吻說話時，忍不住大笑出聲。

「唉，要是那位小姐知道他其實是一個愛發脾氣的小嬰兒，事情就會變得有趣多了！」希瑞爾小聲地說。

「希瑞爾，不許那樣說。」安西婭生氣地回應：「雖然他變成這副模樣，但他仍舊是我們的小寶貝！」

小寶寶朝四個孩子所在的方向看了一眼，然後對小姐說：「天色有點暗了，這附近好像有許多流浪漢，不如我送你到十字路口吧！」

沒有人知道那位小姐的回答是什麼，因為安西婭一聽到這句話，立刻衝了出去。她一把抓住小寶寶的手臂，其他孩子也跟了過來。剎那間，四個髒兮兮的孩子公開現身了。

「不要答應他！」安西婭誠懇地對那位小姐說：「你根本不知道他是誰，他完全不是你所想的那個樣子。」

「這句話是什麼意思？」小姐疑惑地問。

這時，小寶寶想推走安西婭，其他孩子則在後面扶著她。

「只要讓他和你一起走，你很快就會明白我的意思！」安西婭繼續說：「難道你想在半路上，忽然看到一個可憐的小寶寶坐在你的自行車上嗎？」

那位小姐聽了這些話，臉色瞬間變得慘白。

「這些孩子究竟是誰？」她問小寶寶。

「我不知道。」他支支吾吾地回答。

「噢，小羊，你怎麼能這樣說？」珍生氣地大叫：「小姐，我們必須趕緊在天黑前將他帶回家，否則我不知道事情會如何發展下去。其實，他是在魔法的控制下，才會變成現在這個樣子！」

小寶寶想阻止珍繼續說下去，但是羅伯特和希瑞爾一人抱著他的一條腿，讓他根本無法好好把話說清楚。後來，那位小姐匆匆騎著自行車離開了。她回到家後，還向家人訴說了這段怪異的遭遇。

等小姐離開後，希瑞爾嚴肅地對小寶寶說：「你一定是中暑了，才會對她說出那些話。等你恢復原樣後，我再把你剛剛說的話講一遍給你聽，不過只怕到時候，你連聽也聽不懂。」

可憐的小寶寶似乎完全被弄糊塗了，他苦惱地說：「既然你們全都像瘋子一樣，我看我還是趕快把你們帶回家吧！不過，別以為我會就這樣饒過你們，明天早上我有話對你們說。」

「我知道，小寶貝，只是你明天說出口的話，肯定和現在內心想的完全不一樣。」安西婭悄悄地說。

在她心中，她彷彿能夠聽見小寶寶用甜美嬌嫩的聲音對她撒嬌，和現在成年的他那種虛偽的聲音完全不同。

傍晚時，一群人愁眉不展地走回家。當他們來到家門口時，太陽正好快要下山。四個孩子原本打算拖延到天色完全變黑後，再帶恢復原狀的小寶寶回家。可是長大成人的小寶寶堅持繼續往前走，他們也無可奈何。就這樣，小寶寶在花園撞見瑪莎了。

由於沙仙曾答應孩子們，絕對不會讓家裡的女僕看見牠所變出來的魔法，因此瑪莎現在只看到原本白白胖胖的小寶寶。內心一直牽掛著小嬰兒的瑪莎一看見他，立刻將他緊緊抱在懷裡。

成年的小寶寶臉上露出驚恐和厭惡的表情，他嬌小的身軀不斷在瑪莎結實的雙臂裡拚命掙扎。瑪莎的力氣比他大多了，於是輕輕鬆鬆地抱著他，準備走回屋內。幸虧他們來到前門台階時，太陽完全下山了，瑪莎懷裡的小嬰兒終於恢復了原本的模樣。那個長大的小寶寶永遠消失了。

「噢，小寶寶很快就會到了叛逆期。」希瑞爾心有餘悸地說：「到時候我們必須好好地教訓他，免得他真的變成那副令人討厭的模樣！」

「我們要用愛來感化他。」珍說。

「其實，我們在他成長的過程中，會有許多時間來糾正他的缺點。今天完全是因為他長大得太過突然，所以才會變成那個樣子。」羅伯特解釋。

「羅伯特說得沒錯。」安西婭微笑著說。

這時，她聽到小寶寶的聲音從敞開的大門裡傳了出來，這正是她今天下午在心中期盼能夠聽到的聲音。

「我愛安西婭，我要到她那裡去！」

第八章　印第安人

要不是希瑞爾讀了《最後的莫希干人》這本以印第安人為主題的小說，或許孩子們在這一天能有更大的收穫。

他吃早餐時，整個腦袋裡都是這個故事的劇情，等到他喝第三杯茶的時候，他做夢似地說：「我希望英國有印第安人，最好他們的身高和我們差不多，這樣才能與他們作戰。」

當時，大家都不贊成他的想法，但是也沒有人把這番話當作一回事。今天，四個孩子決定要去找沙仙，並向他祈求全是兩先令的一百英鎊，而且上面一定要有維多利亞女王的頭像。

他們認為這次的願望肯定天衣無縫，沒想到一到砂石坑，卻又發現事情出了差錯。

因為這時，沙仙睡眼惺忪地告訴他們：「噢，別再來打擾我了！你們今天已經提出願望，而且也實現了！」

「什麼願望？」希瑞爾茫然地問。

「哼，你不記得昨天的事嗎？」沙仙不以為然地說：「你求我，不管你們在什麼地方提出願望都能實現！今天早上，你們確實許下心願了。」

「啊？是什麼願望？」羅伯特不解地問。

「你們忘記了？」沙仙一邊說，一邊挖洞往裡面鑽：「沒關係，你們很快就會知道了，因為你們已經捲入一件好事了！」

奇怪的是，誰也想不起來今天早上有誰提出什麼願望。這真是最令人心神不寧的一個上午了，每個人都在擔心隨時可能會發生什麼可怕的事情。從沙仙的話聽來，他們一定是祈求了什麼不想要的東西。

大家花了好幾個小時反覆回想，直到快吃午餐時，珍被那本《最後的莫希干人》絆了一跤，一切才終於真相大白。因為安西婭把珍扶起來時，看見了那本書的封面，所以立刻想起了希瑞爾今天早上說過的話。

「噢，珍，小說中的印第安人都會剝敵人的頭皮，現在他們就要來剝我們的了！」安西婭驚叫出聲，但是過了一會兒，她恢復冷靜地說：「珍，我們必須湊到十五個先令！快跟我來！」

珍完全不明白安西婭的計畫，只得愣愣地跟著她走。

安西婭走到父母親的臥室，拿起一個沉重的水瓶，然後將水倒進浴室的臉盆裡。接著她回到房間，故意讓它掉到地上。不料，水瓶被摔了三次卻仍舊完好如初，安西婭只好拿來爸爸的鞋楦子，狠狠地對著水瓶敲下去。

接下來，安西婭用撥火棍撬開日後要捐給教會的愛心撲滿。珍不安地告訴她這麼做不太好，但是安西婭要她閉嘴，並向她解釋他們即將面臨一件攸關性命的大事。

撲滿裡的錢不多，不過加上女孩們的零用錢後，就差不多有十五先令了。安西婭用手帕將錢包起來，然後拉著珍跑向鄰近的農場。

其實，先前孩子們早就擬定好一個快樂的計畫：一拿到沙仙變出來的錢後，立刻乘坐馬車到洛契斯特大肆採購，他們甚至已經和馬夫談妥了價錢。

現在，安西婭急急忙忙地向馬夫解釋他們去不成洛契斯特了，希望能改送瑪莎和小寶寶去。幸好，馬夫一口答應了她的請求。

接著，兩個女孩趕緊回到家。安西婭從她的抽屜裡拿出一個小盒子，然後去找瑪莎。這時，瑪莎正在鋪桌布，看起來心情不太好。

「瑪莎，我不小心打破了媽媽房間裡的水瓶。」安西婭說。

「唉，怎麼又闖禍了！」瑪莎不耐煩地說。

「對不起，請你不要生氣。」安西婭說：「我這裡有足夠的錢可以買一個新的，可是得請你去幫我買。我希望你今天就帶著小寶寶去洛契斯特買回新水瓶，免得媽媽明天回家時發現這件事，那就糟糕了。瑪莎，只要你願意幫我這一次，我就把這個漂亮的盒子送給你。」

「好吧，就這麼一次。」瑪莎說：「我不需要你的盒子，不過我離開之後，你們可別做出可怕的事情。」

「你得趕快去！」安西婭焦急地說：「珍，你來把桌布鋪好，我來幫小寶寶洗澡。」

安西婭替小寶寶梳洗完畢後，連忙朝窗外看了看，確認外面沒有任何印第安人。直到瑪莎和小寶寶離開後，她才終於鬆了一口氣。

「他安全了！」安西婭大叫一聲後，馬上趴在地上痛哭流涕。

珍嚇了一跳，她不懂原先如此勇敢的人，怎麼會突然彷彿變成一顆洩了氣的皮球。其實，安西婭有一部分是喜極而泣，因為她終於讓小寶寶脫離危險了。在她放聲大哭的這段期間，珍溫柔地安撫她。

過了一會兒，安西婭用衣服擦乾眼淚，準備去告訴男孩們這件事，恰巧廚娘這時要大家準備吃午餐了。等廚娘離開飯廳後，安西婭才將她的安排全盤說出。沒想到，男孩們聽了之後，卻笑安西婭傻。

「我幾乎可以肯定，在我說出那句話之前，珍就說過她希望今天的天氣會很好。」希瑞爾不以為然地說。

「我沒說。」珍反駁。

「唉，相信我，如果有印第安人，他們早該出現了。」希瑞爾說。

「那為什麼沙仙說我們捲入了一件好事呢？」安西婭生氣地問。她覺得很委屈，因為她努力地讓小寶寶脫離險境，卻被人家視為傻丫頭。尤其她還私自拿了愛心撲滿裡的錢，這讓她更加難受。

「你們都知道，向沙仙提出的願望總是當場就實現，因此若是有印第安人，他們應該早就現身了。」希瑞爾說：「而且我認為打破水瓶這件事實在是愚蠢透頂，至於愛心撲滿，我相信這足以構成叛逆罪。」

「夠了！」羅伯特說。

可是，希瑞爾仍舊自顧自地說：「說了大半天的印第安人，結果根本是珍的願望實現了。瞧，外面的天氣多晴朗啊……」

當他看著窗外，打算指出外面的天氣有多好時，卻被眼前的景象嚇傻了。其他人跟著轉過頭，也驚訝地說不出話來。原來，窗台邊有一張棕色的臉正盯著他們看。他有著高高的鼻子、緊閉的雙唇和明亮的眼睛，不僅臉上塗著一道一道的顏料，黑色的頭髮上還插滿了羽毛。

不久，那個插著羽毛的人小心翼翼地離開了。他們見狀，連忙衝上樓觀察敵情，同時召開緊急會議。

他們一來到臥室，希瑞爾立刻向安西婭道歉，而她也欣然接受了。不過，從這裡的窗戶看不見印第安人的動向。

「我們該怎麼辦？」羅伯特問。

現在被大家奉為女英雄的安西婭說：「要是我們盡可能打扮得像印第安人，然後從這裡走出去，說不定他們會認為我們是某個部落的酋長，於是因為害怕遭到報復，就不進行攻擊了。」

「我想安西婭說得對，我們需要許多的羽毛。」希瑞爾說。

羅伯特自告奮勇地前往雞舍蒐集羽毛。過了五分鐘，他滿載而歸地回來，可

是臉色卻十分難看。

他戰戰兢兢地說：「情況非常嚴重！我剛才剪完羽毛準備離開時，突然發現一個印第安人躲在角落盯著我看，幸好我趕在他攻擊我之前迅速跑了回來。事不宜遲，我們必須趕快打扮才行！」

四個孩子連忙披上彩色被單，並插上火雞羽毛。當然，他們沒有黑色長髮。不過，他們有許多黑布。大家在布上剪出一條一條美麗的瀏海，再用女孩們的琥珀色緞帶把它們紮在頭上，然後再把火雞羽毛插在緞帶上面。

「但是我們的膚色一點也不對。」安西婭苦惱地說。

「剛才窗邊的那位印第安人有著棕色臉孔。」羅伯特說：「不過，我想我們應該塗成紅色，因為在印第安人中，紅皮膚的階級比較高。」

於是，孩子們向廚娘借來紅赭石粉，並倒入一些牛奶，然後小心翼翼地塗在各自的皮膚上，直到他們和印第安人的膚色一樣為止。

他們知道自己現在的模樣一定非常可怕，因為家裡的女僕一看到他們，個個都嚇得花容失色。就這樣，四個孩子勇敢地出去迎接敵人了。

大家一走出去，立刻看見樹叢上排了

一排插著羽毛的黑色腦袋。

「這是我們唯一的機會，我們必須裝瘋賣傻。」安西婭悄悄地說：「準備好了嗎？來，大家一起吶喊！」

孩子們伴隨著可怕的吶喊聲衝出院子，在一排印第安人面前擺出戰鬥姿態。這些印第安人的身材幾乎一模一樣，都和希瑞爾差不多高。

「我希望他們會說英語。」希瑞爾小聲地說。

安西婭知道那些印第安人懂得英語，雖然她完全不明白自己怎麼會知道。她將一條白毛巾紮在手杖上作為休戰旗，並祈禱對方明白這是什麼意思。顯然他們看得懂，因為一個膚色比其他人更深的人走上前來。

「你們想談判？」他用出色的英語說：「我叫金鷹，是岩居部落的酋長。」

安西婭靈機一動地說：「我叫黑豹，是瑪莎瓦帝部落的酋長，這幾位是我的部下，而我的族人們正埋伏在那邊的山脊下面。」

「沒錯，要是我們吹哨把整個部落召集起來，人數絕對超過你們這支弱小的軍隊。因此，你們還是盡快撤退吧！」希瑞爾大叫。

金鷹用狐疑的眼光看著安西婭，然後說：「黑豹，把你的部落全叫出來，然後我們在所有人的面前談判，就像歷任酋長們做的那樣。」

「我現在立刻傳喚他們。」安西婭說：「不過要是你們不趕緊離開，他們就會拿著各式各樣的武器，對你們發動攻擊。」

安西婭真的十分勇敢，可是其他孩子都嚇得呼吸愈來愈急促。那些印第安人正在包圍他們，並且生氣地嘀咕著。

「這樣下去不行。」羅伯特悄悄地說：「我們必須趕緊去請求沙仙的援助。如果牠不肯幫我們，我們只好在砂石坑躲到天黑了。」

「好。」安西婭點點頭，說：「我會再揮一次手杖，如果他們退後，我們就跑去找沙仙。」

她揮動手杖，酋長立刻命令大家往後退。孩子們見狀，立刻朝著包圍人數最少的地方猛衝過去。他們一次撞倒了五、六個印第安人，並跳過他們裹著毯子的

身體，拚命往砂石坑跑去。

四個孩子顧不得走安全的螺旋狀道路，直接跳下砂石坑。他們又蹦又跳地前進，結果最後絆倒在地，滾了下去。

就在那天早上孩子們看到沙仙的地方，金鷹和他的手下追上了他們。

四個孩子跑得上氣不接下氣，已經完全累倒在地，現在只能聽天由命了。他們的四周圍著面露凶光的印第安人，每個人的手裡都握著致命的武器。

「黑豹，你欺騙了我們！」金鷹怒不可遏地說：「你們用白人的休戰旗矇騙我們，其實你們的族人根本不在這裡，他們在遠方打獵。噢，你們的

命運將會如何呢？」

「我們升起火堆吧！」他的手下大叫，接著大家紛紛動身尋找柴火。

每個孩子都被兩個強壯的印第安人緊緊抓住，並互相交換著絕望的眼神。不久，去找柴火的印第安人回來了，可是他們卻連一根樹枝也沒撿到。

孩子們鬆了一口氣，但隨即恐怖地呻吟了一聲，因為他們的四周有鋒利的刀子正在揮舞。接著，每個孩子各自被一個印第安人抓住，他們閉上雙眼，努力不叫出聲。四個孩子等著刀子落下，卻什麼也感覺不到。後來，他們被扔到地面，互相蜷縮成一團。

等到他們壯著膽子睜開眼睛時，才看見印第安人正圍著他們又叫又跳，手裡還握著長髮飄揚的頭皮。孩子們伸手摸了摸自己的頭，居然發現頭皮完好無損。原來，那些人拿的只是用黑布剪出來的假髮！

四個孩子高興得互相擁抱，又哭又笑。

「我們受到欺騙，就會狠狠地報復。」金鷹喃喃自語地說：「我們要燒死他們，卻找不到柴火。噢，歌頌我們家鄉無邊無際的森林！啊，但願我們能夠再次回到家鄉的森林！」

忽然間，四個孩子周圍的砂礫閃閃發光。就在金鷹說出那句話的瞬間，所有的印第安人全都消失了。沙仙顯然在這裡，所以立刻滿足了他的願望。

孩子們疲憊地回到家後，看見瑪莎帶著小寶寶和全新的水瓶回來了。

瑪莎將安西婭買水瓶的錢還給她，並對她說：「我常去的那家瓷器店正好在出清商品，於是老闆就大方地將水瓶送給我了。」

「瑪莎，謝謝你！」安西婭抱住她說。

「你們最好趁我還在這裡時，盡量叫我做事。」瑪莎格格笑著說：「等你們的母親回來，我就要辭職了。」

「噢，瑪莎！我們沒有讓你那麼受不了吧？」安西婭吃驚地問。

「當然不是這麼一回事。」瑪莎笑著說：「是因為我準備要結婚了！對方就是牧師家的那位男僕安德魯。」

孩子們聽到後，紛紛開心地給予溫暖的祝福。

最後，安西婭把原本要用來買水瓶的錢放回愛心撲滿，並在撥火棍敲破的地方糊上紙。完成後，她總算能夠放下心中大石了。

第九章 最後一個願望

那天早晨，每個人都特別早起床。吃早餐前，他們開心地討論著今天想提出的願望。當然，擁有全都是兩先令銀幣的一百英鎊仍舊是首選。不過，其他主意也相當誘人，尤其是「一天一匹小馬」。

這個願望非常物超所值，因為他們可以騎乘小馬一整天，並在太陽下山後讓牠消失不見，這樣就能夠省下馬休息需要的乾草和馬廄。

不過，吃早餐時發生了兩件事。第一件事：媽媽來信說奶奶的身體好多了，所以預計當天下午會回到家。大家開心地歡呼，並馬上打消了剛才所有的想法，因為他們希望今天提出的願望能夠讓媽媽開心。

「我實在想不出她會喜歡什麼。」希瑞爾苦惱地說。

「她喜歡我們大家乖巧聽話。」珍微笑著說。

「沒錯，但是這太沒意思了。」希瑞爾反駁：「就算沒有沙仙的幫助，我們自己也能夠做到這一點。我認為，今天提出的願望必須是只能從沙仙那裡得到的珍貴東西。」

「小心！」安西婭警告：「別忘了昨天的教訓。現在，我們只要說出『我希望』，那個心願就會實現。別再讓大家陷入麻煩了，特別是今天。」

希瑞爾不情願地閉上嘴巴。這時，瑪莎一臉沉重地拿著一壺開水走進飯廳。

「發生什麼事了嗎？」大家問。

「唉，奇坦登夫人的家裡遭小偷了！」瑪莎語重心長地說：「竊賊把她的鑽石珠寶偷了個精光，讓她深受打擊。」

四個孩子聽到這個熟悉的名字，立刻想起了那位曾經想把小寶寶占為己有的高貴夫人。

瑪莎離開後，安西婭說：「我不明白為什麼她要那麼多鑽石。我們的媽媽什麼珠寶也沒有，只有幾件簡單的首飾而已。」

「長大後，我一定要買許多的鑽石給媽媽！」羅伯特大聲說。

「噢，我真希望媽媽回到家後，能夠在她的房間裡找到那些昂貴又美麗的鑽石珠寶！」珍如夢似幻地說。

其他孩子聽到這句話，紛紛驚恐地看著珍。

「太好了，這下子她肯定會找到的！」羅伯特生氣地大吼：「我們現在唯一能做的就是去找沙仙，如果牠的心情不錯，或許會答應收回這個願望。如果牠不肯，那麼我們的下場一定非常悽慘，說不定又得再進警局了！」

今天真是不幸的日子，因為孩子們怎麼樣也找不到沙仙。不過奇怪的是，他們也沒有找到任何珠寶。

「我們當然找不到它們，」羅伯特恍然大悟地說：「因為只有媽媽才能夠找到。她或許會以為那些珠寶本來就在屋子裡，殊不知它們其實是竊賊的贓物。」

「天啊！媽媽會因此變成收受贓物的人，這比什麼事都還要糟糕！」希瑞爾慌張地說。

於是他們連忙又跑到砂石坑去找沙仙，卻仍舊一無所獲，大家只好垂頭喪氣地走回家。

「不如我們把實情告訴媽媽吧！」安西婭提議：「她會將珠寶還給奇坦登夫人，這樣一切就沒事了。」

「你認為她會相信我們所說的話嗎？」希瑞爾不以為然地說：「除非親眼目睹，否則誰會相信沙仙的存在？她會以為那是我們捏造出來的謊言，或是以為大家都瘋了，然後把我們送到精神病院去。你還是放棄這個念頭吧！」

「你說的對。」安西婭無奈地說：「現在，我們乾脆把所有的花瓶都插上花吧！這樣就可以盡量不去想鑽石的事。」

於是，他們到院子裡摘下許多嬌嫩欲滴的鮮花，並把它們放進花瓶裡。不久之後，整棟屋子彷彿變成了一座美麗的花房。

孩子們享用完午餐後，媽媽就到家了。大家馬上衝上前緊緊抱住她，並嘰嘰喳喳地和媽媽談天，雖然他們很想告訴她有關沙仙的事，不過大家還是非常有默契地忍住了。

當媽媽朝樓梯走去，準備到樓上的臥室脫下帽子時，大家開始七手八腳地阻止她上樓。

「親愛的媽媽，讓我替您把東西拿上去吧！」安西婭說。

「或是讓我來。」希瑞爾也跟著附和。

「噢，不要上去！」珍和羅伯特一同大叫。

「小寶貝們，你們在胡說些什麼呀！」媽媽沒好氣地說：「我還沒有老到不能自己上樓脫帽子，況且我也想順便把手洗乾淨。」

於是媽媽上樓了，孩子們不安地跟在她的身後。媽媽脫下帽子後，便坐在梳妝臺前整理頭髮。接著，她打開桌子上的綠色盒子，裡面是一個漂亮的戒指，中間有一顆大珍珠，四周閃耀著五光十色的小鑽石。

「這是從哪裡來的？」她一邊問，一邊將它戴在無名指上。

「不知道。」四個孩子異口同聲地說。

媽媽認為一定是丈夫要瑪莎把它放在這裡，於是下樓詢問她。然而，不論是瑪莎還是其他女僕，大家都不知道這枚戒指的存在。媽媽疑惑地回到房間，她拉開抽屜，打算把戒指收起來時，驚訝地發現裡面有一個裝著昂貴項鍊的長盒子。

後來，當她打開衣櫥準備放帽子時，又看到了鑲滿珠寶的皇冠和幾枚精緻的胸針。在接下來的半小時裡，媽媽又陸陸續續在房間內的其他地方找到了各式各樣的美麗首飾。孩子們感到愈來愈不自在，珍更是忍不住開始啜泣。

媽媽嚴厲地看著珍，問道：「我相信你一定知道這是怎麼一回事，快點告訴我實話！」

「我們找到了一個精靈。」珍怯生生地說。

「別胡說！」媽媽不可置信地大叫。

「媽媽，您聽我說，這些日子我們從來沒有見過那些東西。不過昨天晚上，奇坦登夫人的所有珠寶全都被人偷走了。房間裡的首飾會不會就是那位夫人遺失的物品？」希瑞爾一口氣將部分實情說了出來。

「可是，這些東西為什麼會出現在我們家呢？」媽媽疑惑地問，過了不久，她恍然大悟地說：「噢，壞人一定是認為這麼做，他們就能夠在事跡敗露時嫁禍給我們！」

「有可能！」希瑞爾一本正經地回答：「或許他們想在天黑以後，偷偷地帶著那些珠寶逃走。」

「我必須馬上報警！」媽媽心煩意亂地說。

「要不要等爸爸回來後再做決定？」羅伯特焦急地說，他想盡可能多拖延一些時間。

「不，我一分鐘也等不下去了！」媽媽把所有的珠寶鎖在衣櫥裡，然後把瑪莎叫進房間。

「我離開之後，有陌生人來過我的房間嗎？老實回答我！」

「沒有，夫人。我的意思是……」瑪莎突然哽咽了起來。

「說吧！」媽媽寬容地說：「看來確實有人來過，你必須馬上告訴我。不要怕，我相信你不會做錯事。」

瑪莎聽完後，忍不住開始放聲大哭。接著，她誠實地回答：「夫人，我原本今天就打算告訴您這個月底我就要辭職了，因為我要結婚了，對方是牧師家的男僕安德魯。其實，安德魯有一次不忍心看我一個人做事，便替我擦房間的窗戶。不過他是在外面擦，而我在裡面，我說的話句句屬實。」

「你一直和他待在一起嗎？」媽媽問。

「是的，除了我拿水桶去樓下換水的時候。」

「好吧！」媽媽有點生氣地說：「瑪莎，我不喜歡你這麼做。不過既然你說了實話，我就原諒你。」

瑪莎下樓之後，孩子們團團圍住媽媽。

安西婭首先大叫：「媽媽，請您不要責怪安德魯。他是個好人，請不要讓警察帶走他！」

由於珍那個愚蠢的願望，害得一個無辜的人被指控偷竊，真是太可怕了！他們好想將實情告訴媽媽，但是誰也沒有勇氣開口。

「我現在立刻坐車到洛契斯特報警。」媽媽堅決地說。所有的孩子哭成一片，並懇求她能夠回心轉意。可是，媽媽一旦下定決心要做某件事後，就一定會去做，這點安西婭和她非常像。

接著，她一邊戴上帽子，一邊對希瑞爾說：「這裡就交給你了。你留在房間裡看守衣櫥裡的珠寶，絕對不能讓任何人走進去。羅伯特，你待在花園裡監視所有的窗戶，若是看到任何可疑人物，立刻和瑪莎說。再見，寶貝們！」

孩子們對媽媽果斷的做法感到相當佩服，他們心想，要是讓她來解決之前那些愚蠢的心願所造成的困境，她一定能夠處理得非常好。

「唉，不是我要潑你們冷水，」希瑞爾突然說：「只是就算讓兩個女孩去找沙仙，請牠把珠寶重新放回奇坦登夫人的家裡，媽媽也只會認為我們沒有盡到責任，讓竊賊溜進來把它們拿走了。或者警察會以為我們擅自移動了珠寶，要不然就是認為媽媽在和他們開玩笑。總之，這一次我們真的完蛋了！」

他說完後，無助地倚著衣櫥；羅伯特走進花園，雙手抱著腦袋，苦惱地坐在草地上；安西婭和珍則在走廊上竊竊私語。

「對了，我們怎麼能確定奇坦登夫人的所有珠寶都在這裡呢？如果那些不是全部，警察會認為缺少的珠寶是被爸爸和媽媽拿走了，只留下一部分用來掩人耳目。他們會被關進監獄，我們就成了罪犯的孩子。」安西婭焦慮地分析。

「那麼該怎麼辦呢？」珍問。

「我們去找沙仙吧！今天的天氣很熱，說不定牠會出來曬太陽。」

「可是，我覺得牠不會再替我們實現願望了。」珍直截了當地說：「因為我們去找牠時，牠看起來愈來愈不高興。」

安西婭聽了之後，憂心忡忡地搖著頭。但是過了一會兒，她突然抬起頭，眼裡充滿著希望。

「你想到什麼了嗎？」珍問。

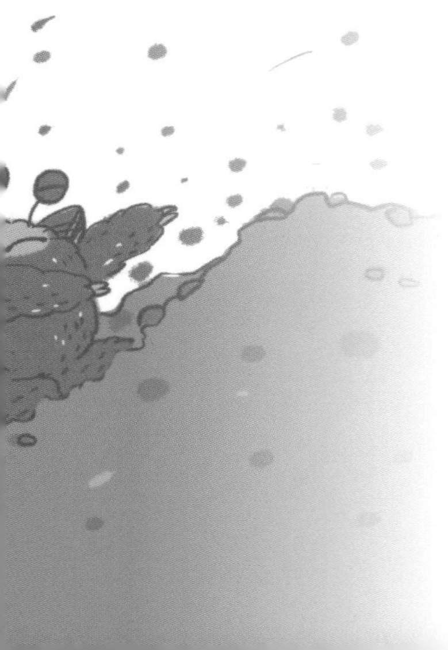

「我們最後的機會！快跟我來，珍！」安西婭大叫。

她們飛快地跑到砂石坑，恰好看見沙仙正躺在地上，悠閒地梳理長長的鬍子。牠一看見兩個女孩，立刻轉身去挖洞，顯然不想與她們打交道。可是，安西婭搶先一步抓住了牠毛茸茸的肩膀。

「喂，放開我！」沙仙大叫。

但是安西婭仍牢牢地抓著牠。

「親愛的沙仙，你不喜歡替別人實現願望，對不對？」安西婭溫柔地詢問。

「當然！」沙仙生氣地尖叫：「快點放開我，不然我就要咬你了！」

「請聽我說。」安西婭懇求：「請不要咬我，並且聽完我說的話。只要你待會實現我們的願望，我保證從今以後再也不會來打擾你了！」

「真的嗎？」沙仙感動地說：「只要你們永遠不會再來向我提出願望，我就算是把身體脹破也願意實現你們今天的心願！」

接著，牠哽咽地抱怨：「我再也無法忍受為了別人的願望，而把自己的身體鼓起來了！雖然每天早上起來，我就知道我非得這麼做不可，卻根本不知道自己為什麼要這麼做！我真的不知道！」

安西婭輕輕地摸著沙仙，溫柔地安慰牠：「現在一切都結束了，我們向你保證，過了今天之後絕對不再求你實現願望了。」

「好，那麼說出你的心願吧！」沙仙說。

「你還能實現多少願望？」安西婭問。

「不知道……只要我還撐得住。」

「那麼，第一，我希望奇坦登夫人發現她並沒有遺失珠寶。」

沙仙鼓起身體，然後又扁了下來，接著牠說：「完成了。」

「我希望媽媽沒有去警察局。」安西婭慢慢地說。

過了一會兒，沙仙說：「完成了。」

「我希望媽媽忘記所有關於鑽石的事情。」

「完成了。」沙仙說，可是聲音變得十分虛弱。

「你要休息一會兒嗎？」安西婭體貼地問。

「好的，謝謝。」沙仙說：「不過在我們繼續之前，你可以替我祈求一個願望嗎？」

「你不能為你自己提出願望嗎？」

「當然不能。」牠說：「在大地懶那個年代，我們沙仙都是互相為彼此提出願望。請你們務必保守祕密，千萬別向任何人透露有關我的事情，好嗎？」

「為什麼？」珍問。

「噢，因為如果你把沙仙的事告訴大人，那麼我這輩子就永無寧日了！他們肯定會捉住我，並想盡辦法讓變出來的東西在日落後仍舊存在。如此一來，這個世界一定會變得一團亂！好了，你趕快提出我的這個願望吧！」

安西婭將沙仙的願望說了一遍，接著，沙仙把自己的身體鼓得比任何時候都還要大。

牠縮小後，問道：「好了，我能再為你做什麼呢？」

「只剩下最後一件事了。我希望瑪莎忘記那枚鑽石戒指、媽媽忘了安德魯曾經擦過她房間的窗戶。」

「好了，我幾乎沒有力氣了，還有別的事嗎？」沙仙昏昏沉沉地說。

「沒有了，感謝你為我們所做的一切，但願你能好好地睡個覺，也希望有一天我們會再見到你。」

「這是一個願望嗎？」牠用微弱的聲音問。

「是的，謝謝你！」兩個女孩異口同聲地說。

接著，她們最後一次看到沙仙膨脹身體，然後又扁了下去。牠向女孩們點點頭，並眨了眨牠的蝸牛眼睛。不久之後，沙仙便鑽進洞穴裡，消失不見了。

「我希望我們沒有做錯。」珍說。

「肯定沒錯，讓我們趕緊回家把這件事告訴男孩們吧！」安西婭說。

安西婭找到希瑞爾並把這件事告訴他，珍則跑去和羅伯特說明事情的原委。兩個男孩得知消息後不久，媽媽就滿身塵土地走了進來。她說她去洛契斯特為兩個女孩購買秋季校服的路上，車軸突然斷了，要不是小路狹窄且樹籬很高，她差點就從馬車裡滾出來。雖然沒有受傷，但只能步行回家了。

「你們看，沒事了，她忘記珠寶的事情了！」珍悄悄地說。

「瑪莎也什麼都不記得了。」安西婭說，她剛才藉故去廚房確認了情況。

當女僕們在喝茶的時候，安德魯來了。他帶來一個令人開心的好消息：奇坦登夫人的鑽石珠寶根本沒有被偷走，是她的丈夫把它們拿去重新鑲嵌和清洗，而唯一知道此事的女僕又正好請假，因此才釀成這場烏龍。

當媽媽哄著小寶寶上床睡覺時，四個孩子正悠閒地在花園裡散步。

「不知道我們還能不能見到沙仙。」珍不捨地說。

「一定可以！」希瑞爾說：「如果我們誠心希望的話。」

「我們已經向牠保證過永遠不再提出願望了。」安西婭提醒。

「沒錯，我永遠都不會再去打擾牠。」羅伯特真心地說。

不過，由於安西婭最後提出了「想再見到沙仙」的願望，因此他們當然還會再看到牠。但不是在這本小說裡，也不是在砂石坑，而是在一個非常、非常不同的地方。

騎鵝旅行記
小鹿斑比
好兵帥克
森林報
史記故事
柳林風聲
叢林奇譚
彼得・潘
一千零一夜
杜立德醫生歷險記
魯賓遜漂流記
福爾摩斯
海倫・凱勒
岳飛
三國演義

教養 VS 獨立

花樣女孩的青春告白手札

　　潔露莎．艾伯特從小在約翰．葛萊爾之家，過著平淡無趣的孤兒院生活。十八歲時，意外得到一位匿名理事的資助上了大學，開啟從未有過的燦爛人生。她將新生活中發生的點點滴滴，以幽默坦率的筆調，娓娓道出一個女孩對課業、生活、交友、愛情的想法，內心的迷惘、自卑、虛榮、倔強，甚至是情竇初開的小祕密，全都毫不保留的寫成一封封誠摯的信，寄給她視為家人的「長腿叔叔」。可是卻從未收到回信，這讓她感到格外孤單寂寞。究竟，潔露莎最後能不能見到長腿叔叔？長腿叔叔的真面目又是誰呢？

大師名著
珍·韋伯斯特
Jean Webster
【美國】

經典文學珍藏，值得一讀再讀！

愛上閱讀＝自主學習＝未來競爭力

☆世界精選，探索與學習的典範。
☆厚植閱讀，跨入文字書的橋樑。
☆啟發探索，豐富想像和思辨力。

大師名著系列 005

沙之精靈

驚險刺激的魔法探險之旅

ISBN 978-986-98815-5-5 / 書 號：RGC005

作　　者：伊蒂絲・內斯比特 Edith Nesbit
編　　輯：張雅惠
插　　畫：Jill Chou
美術設計：巫武茂

出版發行：目川文化數位股份有限公司
總 經 理：陳世芳
發行業務：劉曉珍
法律顧問：元大法律事務所 黃俊雄律師
地　　址：桃園市中壢區文發路 365 號 13 樓
電　　話：(03) 287-1448
傳　　真：(03) 287-0486
電子信箱：service@kidsworld123.com
劃撥帳號：50066538

沙之精靈 / 伊蒂絲．內斯比特（Edith Nesbit）作．
-- 初版．-- 桃園市 ： 目川文化，民 109.07
面 ；　公分．--（大師名著 ； 5）
譯自 ： Five children and it.
ISBN 978-986-98815-5-5（平裝）

873.596　　109007557

網路書店：www.kidsbook.kidsworld123.com
網路商店：www.kidsworld123.com
粉 絲 頁：FB「悅讀森林的故事花園」

印刷製版：創奇設計印刷有限公司
總 經 銷：聯合發行股份有限公司
地址：新北市新店區寶橋路 235 巷 6 弄 6 號 4 樓
電話：(02) 2917-8022

出版日期：2020 年 7 月（初版）
定　　價：320 元

建議閱讀方式

型式	圖圖圖	圖圖文	圖文文		文文文
圖文比例	無字書	圖畫書	圖文等量	以文為主、少量圖畫為輔	純文字
學習重點	培養興趣	態度與習慣養成	建立閱讀能力	從閱讀中學習新知	從閱讀中學習新知
閱讀方式	親子共讀	親子共讀 引導閱讀	親子共讀 引導閱讀 學習自己讀	學習自己讀 獨立閱讀	獨立閱讀